Cuentos de horror

vagamundos

Ediciones Traspiés
www.traspies.com
www.vagamundos.org
foto@traspies.com

Prólogo a cargo de Federico Villalobos
Corrección a cargo de Javier Sevilla

ISBN 978–84–939505–7–6
Código IBIC: FA WZG AFF
Depósito Legal:GR 3362-2012
Impreso en Gráficas La Sabika, S.L.

Esta obra ha sido publicada con una subvención de la Dirección General del Libro, Archivos y Bibliotecas del Ministerio de Educación Cultura y deporte, para su préstamo público en Bibliotecas Públicas, de acuerdo con lo previsto en el artículo 37. 2 de la Ley de Propiedad Intelectual.

Quiroga y sus cuentos

Horacio Quiroga fue saludado en Argentina en 1926 como «el primer cuentista en lengua castellana». El elogio puede parecer hiperbólico, y sin duda así se les antojó a quienes, como Jorge Luis Borges, menospreciaron entonces al escritor uruguayo. Hoy, sin embargo, es difícil discutirle a Quiroga el mérito que se le atribuye: nada menos que la fundación del cuento moderno latinoamericano.

Según Jorge Lafforgue, uno de sus mejores conocedores, los relatos de Horacio Quiroga supusieron para la narrativa hispánica una renovación comparable a la que el modernismo había obrado décadas atrás en la poesía. Quiroga, afirma Lafforgue, «fue el introductor en nuestras letras de un territorio inédito, en el cual el más descarnado realismo supo convivir con fascinantes aperturas a los desbordes de la alucinación, el horror y la fantasía»[1].

Esa convivencia entre lo real y lo fantástico convierte también a Quiroga en precursor del realismo mágico hispanoamericano. Sus mejores relatos, los que él mismo denominó «cuentos de monte», son realistas, pero en ellos hay al mismo tiempo una presencia más o menos vaga de lo irreal. A diferencia de Edgar Allan Poe, que tanto influyó en él, Quiroga dejó muy pronto de buscar lo extraordinario en el ámbito de lo fantasmagórico o lo grotesco para perseguirlo en el campo de lo real, de lo cotidiano. Esa persecución acabó llevándolo, en palabras de Alberto Zum Felde, a traspasar las dimensiones «normales» de la narrativa –lo objetivo y lo subjetivo– para penetrar en otro plano, el de aquello que por estar «más allá» muy pocos, entre ellos sus lectores, pueden frecuentar.

Vida y muertes

Ninguna semblanza biográfica de Horacio Quiroga, por breve que sea, puede omitir la insistente persecución a la que, a su vez, la muerte –casi siempre trágica– sometió al escritor y a su entorno.

Horacio Quiroga nació en 1878 en la ciudad uruguaya de Salto, en el seno de una familia acomodada. Aún no había cumplido tres meses cuando su padre murió al disparársele accidentalmente la escopeta de caza delante de su familia. Años después, el segundo marido de su madre se pegó un tiro tras quedar inválido. Quiroga fue uno de los que encontraron el cadáver.

Desde su juventud, Horacio Quiroga dio muestras de un carácter inconformista. Fascinado por el malditismo de autores como Poe y Baudelaire, orientó sus primeros pasos literarios por la senda del decadentismo. A los veintidós años emprendió viaje a París, peregrinación ritual para los jóvenes escritores modernistas. La experiencia resultó un desastre, y Quiroga volvió a Uruguay decepcionado de la vida bohemia.

A su regreso publicó su primer libro, *Los arrecifes de coral*, obra de estética modernista en la que combinó la poesía y la prosa poética. Poco después mató accidentalmente a su mejor amigo mientras le enseñaba a manejar un revólver. Quiroga busco refugió en casa de su hermana, en Buenos Aires, y allí empezó a colaborar en publicaciones literarias.

En 1903 participó como fotógrafo en una expedición a las ruinas jesuíticas de la provincia argentina de Misiones, fronteriza con Brasil y Paraguay. El contacto con la selva fue un verdadero descubrimiento que reorientó su vida y su quehacer literario. Al año siguiente se estableció como colono en el Chaco argentino. La experiencia resultó un fracaso económico, pero también fue decisiva para su maduración. Ese mismo año publicó su segundo libro, *El crimen del otro*, muy influido por Edgar Allan Poe tanto en la temática como en la técnica narrativa.

De vuelta en Buenos Aires, trabajó como profesor de lengua y literatura. En 1909 se casó con Ana María Cires, una de sus jóvenes alumnas. El matrimonio se trasladó a una finca en las cercanías de San Ignacio, en la selva misionera que tanto había fascinado a Quiroga. San Ignacio se convirtió en escenario recurrente de su producción literaria, a la vez que sus propias experiencias le proporcionaban el material para sus relatos. Pero su mujer no llegó a adaptarse a un entorno tan duro, y el nacimiento de una niña y un niño no alivió sus frecuentes depresiones. En 1915, Ana María se suicidó.

Quiroga regresó a Buenos Aires, donde trabajó como funcionario del consulado de Uruguay. Durante los quince años siguientes escribió incesantemente. *Cuentos de amor, de locura y de muerte* (1917), *Cuentos de la selva* (1918), *Anaconda* (1921), *El desierto* (1924) y otras recopilaciones de relatos le proporcionaron un creciente reconocimiento. En 1926, año de publicación del que se considera su mejor libro, *Los desterrados*, los escritores argentinos lo homenajearon como «el primer cuentista en lengua castellana». Fue el cenit de una fama que hacia 1930 empezaría a declinar, eclipsada por la irrupción de jóvenes vanguardistas como Jorge Luis Borges.

En 1932 Quiroga volvió a Misiones. Su segunda mujer, una joven amiga de su hija, lo abandonó al poco tiempo, llevándose a la hija de ambos. En 1936, debido al deterioro de su salud, el escritor ingresó en un hospital bonaerense. El 19 de febrero de 1937, tras descubrir que padecía un cáncer en fase terminal, se envenenó con cianuro.

La estela de trágicos fallecimientos se prolongó más allá de su muerte. Eglé y Darío, hijos de su primer matrimonio, se suicidaron años más tarde. Y su amigo y modelo literario de los primeros tiempos, Leopoldo Lugones, se quitó la vida en el primer aniversario de la muerte de Quiroga.

Los temas

La muerte es el tema principal en la obra de Horacio Quiroga, hasta el punto de que su presencia ha sido calificada de obsesiva, de exorcismo para conjurar el fantasma que con tanta saña acosó al escritor y a los suyos. Es preciso matizar que al escritor no le interesaba tanto la muerte en sí misma como sus circunstancias y, sobre todo, la diversa manera en que los seres humanos, o los animales humanizados, se encaran con ella.

Pocos escritores han tratado el tema de la muerte de manera tan exhaustiva y rica en matices. Las recurrentes tragedias con que la vida afligió a Quiroga y la evidente complacencia en lo macabro que advertimos en sus primeros cuentos abonarían la tesis de una inclinación morbosa si esta no quedara desmentida por la profundidad psicológica, filosófica e incluso ética que podemos apreciar en sus mejores relatos. Lejos de evidenciar una inclinación morbosa, la omnipresencia de la muerte en la obra de Quiroga pone de manifiesto un poderoso vitalismo, un profundo amor a la vida.

La muerte es el macrotema con el que están conectados los demás temas quiroguianos: el amor, la ternura, el horror, la locura, la rebeldía y la fuerza apabullante de la naturaleza, personificada en la selva, que con Quiroga deja de ser telón de fondo para convertirse en un personaje, el antagonista del ser humano en un conflicto en el que, generalmente, este tiene todas las de perder.

A puño limpio

A menudo se le ha reprochado a Quiroga descuido formal e incorrección estilística. La mejor respuesta a ese reproche nos la proporciona Emir Rodríguez Monegal[2]: los cuentos de Quiroga no deben juzgarse por la mayor o menor presencia en ellos de errores gramaticales, sino por su eficacia para comunicar la sensación de tragedia, de ternura o de horror que su autor desea transmitir. Y qué duda cabe de que los cuentos de Horacio Quiroga, escritos, como él mismo afirmaba, «a puño limpio», son tremendamente eficaces.

En estos cuentos, el estilo está al servicio de la brevedad, la intensidad y la tensión, es decir, de la economía narrativa. Quiroga sostenía que el cuento debía ser «una flecha que, cuidadosamente apuntada, parte del arco para ir a dar en el blanco. Cuantas mariposas trataran de posarse sobre ella para adornar su vuelo, no conseguirían sino entorpecerlo». Los principios enunciados en su famoso *Decálogo del perfecto cuentista* son consecuentes con esa concepción del relato: «Una vez dueño de tus palabras, no te preocupes de observar si son entre sí consonantes o asonantes»; «no adjetives sin necesidad»; «un cuento es una novela depurada de ripios».

Debe tenerse en cuenta que el estilo de Horacio Quiroga no le vino dado, por mucho que en sus relatos pueda rastrearse la influencia de escritores como Poe o Kipling; es una conquista del autor, el resultado de un proceso de depuración. En ese proceso, el contacto con el áspero suelo del Chaco y con la selva de Misiones actuó como catalizador. Es allí donde, según Lafforgue, al enfrentarse a los cotidianos desafíos de la vida montaraz, «Quiroga asume los grandes temas del hombre, despojando a su prosa de todos los resabios decadentistas, hasta tornarla acerada, pura fibra, de segura eficacia».

Los cuentos

Los cuentos incluidos en esta antología han sido seleccionados con el propósito de ofrecer una muestra lo más amplia posible de la producción quiroguiana.

El almohadón de plumas, La gallina degollada, La miel silvestre, A la deriva, y *El infierno artificial,* publicados entre 1907 y 1914, fueron incluidos en *Cuentos de amor, de locura y de muerte* (1917). A *El desierto* (1924) pertenece el cuento del mismo título. *El hombre muerto* está recogido en *Los desterrados* (1926). *El hijo* fue incluido en *Más allá*, la última recopilación de relatos publicada por Quiroga (1935).

Federico Villalobos

Notas.
1. QUIROGA, HORACIO, *Los desterrados y otros cuentos de frontera.* Selección y prólogo de Jorge Lafforgue. Losada, 2009.
2. RODRÍGUEZ MONEGAL, EMIR. *Genio y figura de Horacio Quiroga.* Selección y prólogo de Jorge Lafforgue. Editorial Universitaria de Buenos Aires, 1969.

Cuentos de horror

El almohadón de plumas

Su luna de miel fue un largo escalofrío. Rubia, angelical y tímida, el carácter duro de su marido heló sus soñadas niñerías de novia. Lo quería mucho, sin embargo, a veces con un ligero estremecimiento cuando volviendo de noche juntos por la calle, echaba una furtiva mirada a la alta estatura de Jordán, mudo desde hacía una hora. Él, por su parte, la amaba profundamente, sin darlo a conocer.

Durante tres meses –se habían casado en abril– vivieron una dicha especial. Sin duda hubiera ella deseado menos severidad en ese rígido cielo de amor, más expansiva e incauta ternura; pero el impasible semblante de su marido la contenía siempre.

La casa en que vivían influía un poco en sus estremecimientos. La blancura del patio silencioso –frisos, columnas y estatuas de mármol– producía una otoñal impresión de palacio encantado. Dentro, el brillo glacial del estuco, sin el más leve rasguño en las altas paredes, afirmaba aquella sensación de desapacible frío. Al cruzar de una pieza a otra, los pasos hallaban eco en toda la casa, como si un largo abandono hubiera sensibilizado su resonancia.

En ese extraño nido de amor, Alicia pasó todo el otoño. No obstante, había concluido por echar un velo sobre sus antiguos sueños, y aún vivía dormida en la casa hostil, sin querer pensar en nada hasta que llegaba su marido.

No es raro que adelgazara. Tuvo un ligero ataque de influenza[1] que se arrastró insidiosamente días y días; Alicia no se

13

reponía nunca. Al fin una tarde pudo salir al jardín apoyada en el brazo de él. Miraba indiferente a uno y otro lado. De pronto Jordán, con honda ternura, le pasó la mano por la cabeza, y Alicia rompió en seguida en sollozos, echándole los brazos al cuello. Lloró largamente todo su espanto callado, redoblando el llanto a la menor tentativa de caricia. Luego los sollozos fueron retardándose, y aún quedó largo rato escondida en su cuello, sin moverse ni decir una palabra.

Fue ese el último día que Alicia estuvo levantada. Al día siguiente amaneció desvanecida. El médico de Jordán la examinó con suma atención, ordenándole calma y descanso absolutos.

—No sé —le dijo a Jordán en la puerta de la calle, con la voz todavía baja—. Tiene una gran debilidad que no me explico, y sin vómitos, nada... Si mañana se despierta como hoy, llámeme enseguida.

Al otro día Alicia seguía peor. Hubo consulta. Constatose una anemia de marcha agudísima, completamente inexplicable. Alicia no tuvo más desmayos, pero se iba visiblemente a la muerte. Todo el día el dormitorio estaba con las luces prendidas y en pleno silencio. Pasábanse horas sin oír el menor ruido. Alicia dormitaba. Jordán vivía casi en la sala, también con toda la luz encendida. Paseábase sin cesar de un extremo a otro, con incansable obstinación. La alfombra ahogaba sus pasos. A ratos entraba en el dormitorio y proseguía su mudo vaivén a lo largo de la cama, mirando a su mujer cada vez que caminaba en su dirección.

Pronto Alicia comenzó a tener alucinaciones, confusas y flotantes al principio, y que descendieron luego a ras del suelo. La joven, con los ojos desmesuradamente abiertos, no hacía sino mirar la alfombra a uno y otro lado del respaldo de la cama. Una noche se quedó de repente mirando fijamente. Al rato abrió la boca para gritar, y sus narices y labios se perlaron de sudor.

—¡Jordán! ¡Jordán! —clamó, rígida de espanto, sin dejar de mirar la alfombra.

Jordán corrió al dormitorio, y al verlo aparecer Alicia dio un alarido de horror.

—¡Soy yo, Alicia, soy yo!

Alicia lo miró con extravío, miró la alfombra, volvió a mirarlo, y después de largo rato de estupefacta confrontación, se serenó. Sonrió y tomó entre las suyas la mano de su marido, acariciándola temblando.

Entre sus alucinaciones más porfiadas, hubo un antropoide, apoyado en la alfombra sobre los dedos, que tenía fijos en ella los ojos.

Los médicos volvieron inútilmente. Había allí delante de ellos una vida que se acababa, desangrándose día a día, hora a hora, sin saber absolutamente cómo. En la última consulta Alicia yacía en estupor mientras ellos la pulsaban, pasándose de uno a otro la muñeca inerte. La observaron largo rato en silencio y siguieron al comedor.

—Pst... —se encogió de hombros desalentado su médico—. Es un caso serio... poco hay que hacer...

—¡Sólo eso me faltaba! —resopló Jordán. Y tamborileó bruscamente sobre la mesa.

Alicia fue extinguiéndose en su delirio de anemia, agravado de tarde, pero que remitía siempre en las primeras horas. Durante el día no avanzaba su enfermedad, pero cada mañana amanecía lívida, en síncope casi. Parecía que únicamente de noche se le fuera la vida en nuevas alas de sangre. Tenía siempre al despertar la sensación de estar desplomada en la cama con un millón de kilos encima. Desde el tercer día este hundimiento no la abandonó más. Apenas podía mover la cabeza. No quiso que le tocaran la cama, ni aún que le arreglaran el almohadón. Sus terrores crepusculares avanzaron en forma de monstruos que se arrastraban hasta la cama y trepaban dificultosamente por la colcha.

Perdió luego el conocimiento. Los dos días finales deliró sin cesar a media voz. Las luces continuaban fúnebremente encendidas en el dormitorio y la sala. En el silencio agónico de la casa, no se oía más que el delirio monótono que salía de la cama, y el rumor ahogado de los eternos pasos de Jordán.

Murió, por fin. La sirvienta, que entró después a deshacer la cama, sola ya, miró un rato extrañada el almohadón.

—¡Señor! —llamó a Jordán en voz baja—. En el almohadón hay manchas que parecen de sangre.

Jordán se acercó rápidamente Y se dobló a su vez. Efectivamente, sobre la funda, a ambos lados dél hueco que había dejado la cabeza de Alicia, se veían manchitas oscuras.

—Parecen picaduras —murmuró la sirvienta después de un rato de inmóvil observación.

—Levántelo a la luz —le dijo Jordán.

La sirvienta lo levantó, pero enseguida lo dejó caer, y se quedó mirando a aquél, lívida y temblando. Sin saber por qué, Jordán sintió que los cabellos se le erizaban.

—¿Qué hay?—murmuró con la voz ronca.

—Pesa mucho —articuló la sirvienta, sin dejar de temblar.

17

Jordán lo levantó; pesaba extraordinariamente. Salieron con él, y sobre la mesa del comedor Jordán cortó funda y envoltura de un tajo. Las plumas superiores volaron, y la sirvienta dio un grito de horror con toda la boca abierta, llevándose las manos crispadas a los bandós[2]: —sobre el fondo, entre las plumas, moviendo lentamente las patas velludas, había un animal monstruoso, una bola viviente y viscosa. Estaba tan hinchado que apenas se le pronunciaba la boca.

Noche a noche, desde que Alicia había caído en cama, había aplicado sigilosamente su boca —su trompa, mejor dicho— a las sienes de aquélla, chupándole la sangre. La picadura era casi imperceptible. La remoción diaria del almohadón habría impedido sin duda su desarrollo, pero desde que la joven no pudo moverse, la succión fue vertiginosa. En cinco días, en cinco noches, había vaciado a Alicia.

Estos parásitos de las aves, diminutos en el medio habitual, llegan a adquirir en ciertas condiciones proporciones enormes. La sangre humana parece serles particularmente favorable, y no es raro hallarlos en los almohadones de plumas.

Notas.
1. *influenza:* gripe.
2. *bandós:* bandas de cabello con la raya en medio.

La gallina degollada

Todo el día, sentados en el patio en un banco, estaban los cuatro hijos idiotas del matrimonio Mazzini–Ferraz. Tenían la lengua entre los labios, los ojos estúpidos y volvían la cabeza con la boca abierta.

El patio era de tierra, cerrado al oeste por un cerco de ladrillos. El banco quedaba paralelo a él, a cinco metros, y allí se mantenían inmóviles, fijos los ojos en los ladrillos. Como el Sol se ocultaba tras el cerco, al declinar los idiotas tenían fiesta. La luz enceguecedora llamaba su atención al principio, poco a poco sus ojos se animaban; se reían al fin estrepitosamente, congestionados por la misma hilaridad ansiosa, mirando el Sol con alegría bestial, como si fuera comida.

Otra veces, alineados en el banco, zumbaban horas enteras, imitando al tranvía eléctrico. Los ruidos fuertes sacudían asimismo su inercia, y corrían entonces, mordiéndose la lengua y mugiendo, alrededor del patio. Pero casi siempre estaban apagados en un sombrío letargo de idiotismo, y pasaban todo el día sentados en su banco, con las piernas colgantes y quietas, empapando de glutinosa saliva el pantalón.

El mayor tenía doce años, y el menor ocho. En todo su aspecto sucio y desvalido se notaba la falta absoluta de un poco de cuidado maternal.

Esos cuatro idiotas, sin embargo, habían sido un día el encanto de sus padres. A los tres meses de casados, Mazzini y Berta orientaron su estrecho amor de marido y mujer, y mujer y marido, hacia un porvenir mucho más vital: un hijo. ¿Qué

19

mayor dicha para dos enamorados que esa honrada consagración de su cariño, libertado ya del vil egoísmo de un mutuo amor sin fin ninguno y, lo que es peor para el amor mismo, sin esperanzas posibles de renovación?

Así lo sintieron Mazzini y Berta, y cuando el hijo llegó, a los catorce meses de matrimonio, creyeron cumplida su felicidad. La criatura creció bella y radiante, hasta que tuvo año y medio. Pero en el vigésimo mes sacudiéronlo una noche convulsiones terribles, y a la mañana siguiente no conocía más a sus padres. El médico lo examinó con esa atención profesional que está visiblemente buscando las causas del mal en las enfermedades de los padres.

Después de algunos días los miembros paralizados recobraron el movimiento; pero la inteligencia, el alma, aun el instinto, se habían ido del todo; había quedado profundamente idiota, baboso, colgante, muerto para siempre sobre las rodillas de su madre.

—¡Hijo, mi hijo querido! —sollozaba ésta, sobre aquella espantosa ruina de su primogénito.

El padre, desolado, acompañó al médico afuera.

—A usted se le puede decir; creo que es un caso perdido. Podrá mejorar, educarse en todo lo que le permita su idiotismo, pero no más allá.

—¡Sí!... ¡sí! —asentía Mazzini—. Pero dígame: ¿Usted cree que es herencia, que...?

—En cuanto a la herencia paterna, ya le dije lo que creía cuando vi a su hijo. Respecto a la madre, hay allí un pulmón que no sopla bien. No veo nada más, pero hay un soplo un poco rudo. Hágala examinar bien.

Con el alma destrozada de remordimiento, Mazzini redobló el amor a su hijo, el pequeño idiota que pagaba los excesos del abuelo. Tuvo asimismo que consolar, sostener sin tregua a Berta, herida en lo más profundo por aquel fracaso de su joven maternidad.

20

Como es natural, el matrimonio puso todo su amor en la esperanza de otro hijo. Nació éste, y su salud y limpidez de risa reencendieron el porvenir extinguido. Pero a los dieciocho meses las convulsiones del primogénito se repetían, y al día siguiente amanecía idiota.

Esta vez los padres cayeron en honda desesperación. ¡Luego su sangre, su amor estaban malditos! ¡Su amor, sobre todo! Veintiocho años él, veintidós ella, y toda su apasionada ternura no alcanzaba a crear un átomo de vida normal. Ya no pedían más belleza e inteligencia como en el primogénito; ¡pero un hijo, un hijo como todos!

Del nuevo desastre brotaron nuevas llamaradas del dolorido amor, un loco anhelo de redimir de una vez para siempre la santidad de su ternura. Sobrevinieron mellizos, y punto por punto repitiose el proceso de los dos mayores.

Mas, por encima de su inmensa amargura, quedaba a Mazzini y Berta gran compasión por sus cuatro hijos. Hubo que arrancar del limbo de la más honda animalidad, no ya sus almas, sino el instinto mismo abolido. No sabían deglutir, cambiar de sitio, ni aun sentarse. Aprendieron al fin a caminar, pero chocaban contra todo, por no darse cuenta de los obstáculos. Cuando los lavaban mugían hasta inyectarse de sangre el rostro. Animábanse sólo al comer, o cuando veían colores brillantes u oían truenos. Se reían entonces, echando afuera lengua y ríos de baba, radiantes de frenesí bestial. Tenían, en cambio, cierta facultad imitativa; pero no se pudo obtener nada más.

Con los mellizos pareció haber concluido la aterradora descendencia. Pero pasados tres años desearon de nuevo ardientemente otro hijo, confiando en que el largo tiempo transcurrido hubiera aplacado a la fatalidad.

No satisfacían sus esperanzas. Y en ese ardiente anhelo que se exasperaba, en razón de su infructuosidad, se agriaron. Hasta ese momento cada cual había tomado sobre sí la parte que le correspondía en la miseria de sus hijos; pero la desesperanza de redención ante las cuatro bestias que habían nacido de ellos, echó afuera esa imperiosa necesidad de culpar a los otros, que es patrimonio específico de los corazones inferiores.

Iniciáronse con el cambio de pronombre: *tus* hijos. Y como a más del insulto había la insidia, la atmósfera se cargaba.

—Me parece —díjole una noche Mazzini, que acababa de entrar y se lavaba las manos— que podrías tener más limpios a los muchachos.

Berta continuó leyendo como si no hubiera oído.

—Es la primera vez —repuso al rato— que te veo inquietarte por el estado de tus hijos.

Mazzini volvió un poco la cara a ella con una sonrisa forzada:

—De nuestros hijos, ¿me parece?

—Bueno; de nuestros hijos. ¿Te gusta así? —alzó ella los ojos.

Esta vez Mazzini se expresó claramente:

—¿Creo que no vas a decir que yo tenga la culpa, no?

—¡Ah, no! —se sonrió Berta, muy pálida— ¡pero yo tampoco, supongo!... ¡No faltaba más!... —murmuró.

—¿Qué, no faltaba más?

—¡Que si alguien tiene la culpa, no soy yo, entiéndelo bien! Eso es lo que te quería decir.

Su marido la miró un momento, con brutal deseo de insultarla.

—¡Dejemos! —articuló, secándose por fin las manos.

—Como quieras; pero si quieres decir...

—¡Berta!

—¡Como quieras!

Este fue el primer choque y le sucedieron otros. Pero en las inevitables reconciliaciones, sus almas se unían con doble arrebato y locura por otro hijo.

Nació así una niña. Vivieron dos años con la angustia a flor de alma, esperando siempre otro desastre. Nada acaeció, sin embargo, y los padres pusieron en ella toda su complacencia,

23

que la pequeña llevaba a los más extremos límites del mimo y la mala crianza.

Si aún en los últimos tiempos Berta cuidaba siempre de sus hijos, al nacer Bertita olvidose casi del todo de los otros. Su solo recuerdo la horrorizaba, como algo atroz que la hubieran obligado a cometer. A Mazzini, bien que en menor grado, pasábale lo mismo.

No por eso la paz había llegado a sus almas. La menor indisposición de su hija echaba ahora afuera, con el terror de perderla, los rencores de su descendencia podrida. Habían acumulado hiel sobrado tiempo para que el vaso no quedara distendido, y al menor contacto el veneno se vertía afuera. Desde el primer disgusto emponzoñado habíanse perdido el respeto; y si hay algo a que el hombre se siente arrastrado con cruel fruición, es, cuando ya se comenzó, a humillar del todo a una persona. Antes se contenían por la mutua falta de éxito; ahora que éste había llegado, cada cual, atribuyéndolo a sí mismo, sentía mayor la infamia de los cuatro engendros que el otro habíale forzado a crear.

Con estos sentimientos, no hubo ya para los cuatro hijos mayores afecto posible. La sirvienta los vestía, les daba de comer, los acostaba, con visible brutalidad. No los lavaban casi nunca. Pasaban casi todo el día sentados frente al cerco, abandonados de toda remota caricia.

De este modo Bertita cumplió cuatro años, y esa noche, resultado de las golosinas que era a los padres absolutamente imposible negarle, la criatura tuvo algún escalofrío y fiebre. Y el temor a verla morir o quedar idiota, tornó a reabrir la eterna llaga.

Hacía tres horas que no hablaban, y el motivo fue, como casi siempre, los fuertes pasos de Mazzini.

—¡Mi Dios! ¿No puedes caminar más despacio? ¿Cuántas veces...?

—Bueno, es que me olvido; ¡se acabó! No lo hago a propósito.

Ella se sonrió, desdeñosa:

–¡No, no te creo tanto!

–Ni yo, jamás, te hubiera creído tanto a ti... ¡tisiquilla!

–¡Qué! ¿Qué dijiste?...

–¡Nada!

–¡Sí, te oí algo! Mira: ¡no sé lo que dijiste; pero te juro que prefiero cualquier cosa a tener un padre como el que has tenido tú!

Mazzini se puso pálido.

–¡Al fin! –murmuró con los dientes apretados–. ¡Al fin, víbora, has dicho lo que querías!

–¡Sí, víbora, sí! Pero yo he tenido padres sanos, ¿oyes?, ¡sanos! ¡Mi padre no ha muerto de delirio! ¡Yo hubiera tenido hijos como los de todo el mundo! ¡Esos son hijos tuyos, los cuatro tuyos!

Mazzini explotó a su vez.

–¡Víbora tísica! ¡Eso es lo que te dije, lo que te quiero decir! ¡Pregúntale, pregúntale al médico quién tiene la mayor culpa de la meningitis de tus hijos: mi padre o tu pulmón picado, víbora!

Continuaron cada vez con mayor violencia, hasta que un gemido de Bertita selló instantáneamente sus bocas. A la una de la mañana la ligera indigestión había desaparecido, y como pasa fatalmente con todos los matrimonios jóvenes que se han amado intensamente una vez siquiera, la reconciliación llegó, tanto más efusiva cuanto hirientes fueran los agravios.

Amaneció un espléndido día, y mientras Berta se levantaba escupió sangre. Las emociones y mala noche pasada tenían, sin duda, gran culpa. Mazzini la retuvo abrazada largo rato, y ella lloró desesperadamente, pero sin que ninguno se atreviera a decir una palabra.

A las diez decidieron salir, después de almorzar. Como apenas tenían tiempo, ordenaron a la sirvienta que matara una gallina.

26

El día radiante había arrancado a los idiotas de su banco. De modo que mientras la sirvienta degollaba en la cocina al animal, desangrándolo con parsimonia (Berta había aprendido de su madre este buen modo de conservar frescura a la carne), creyó sentir algo como respiración tras ella. Volviose, y vio a los cuatro idiotas, con los hombros pegados uno a otro, mirando estupefactos la operación. Rojo... rojo...

—¡Señora! Los niños están aquí, en la cocina.

Berta llegó; no quería que jamás pisaran allí. ¡Y ni aun en esas horas de pleno perdón, olvido y felicidad reconquistada, podía evitarse esa horrible visión! Porque, naturalmente, cuando más intensos eran los raptos de amor a su marido e hija, más irritado era su humor con los monstruos.

—¡Que salgan, María! ¡Échelos! ¡Échelos, le digo!

Las cuatro pobres bestias, sacudidas, brutalmente empujadas, fueron a dar a su banco.

Después de almorzar, salieron todos. La sirvienta fue a Buenos Aires, y el matrimonio a pasear por las quintas. Al bajar el sol volvieron, pero Berta quiso saludar un momento a sus vecinas de enfrente. Su hija escapose enseguida a casa.

Entretanto los idiotas no se habían movido en todo el día de su banco. El sol había traspuesto ya el cerco, comenzaba a hundirse, y ellos continuaban mirando los ladrillos, más inertes que nunca.

De pronto, algo se interpuso entre su mirada y el cerco. Su hermana, cansada de cinco horas paternales, quería observar por su cuenta. Detenida al pie del cerco, miraba pensativa la cresta. Quería trepar, eso no ofrecía duda. Al fin decidiose por una silla desfondada, pero faltaba aún. Recurrió entonces a un cajón de kerosene, y su instinto topográfico hízole colocar vertical el mueble, con lo cual triunfó.

Los cuatro idiotas, la mirada indiferente, vieron cómo su hermana lograba pacientemente dominar el equilibrio , y cómo en puntas de pie apoyaba la garganta sobre la cresta del cerco, entre sus manos tirantes. Viéronla mirar a todos lados, y buscar apoyo con el pie para alzarse más.

Pero la mirada de los idiotas se había animado; una misma luz insistente estaba fija en sus pupilas. No apartaban los ojos de su hermana, mientras creciente sensación de gula bestial iba cambiando cada línea de sus rostros. Lentamente avanzaron hacia el cerco. La pequeña, que habiendo logrado calzar el pie, iba ya a montar a horcajadas y a caerse del otro lado, seguramente, sintiose cogida de la pierna. Debajo de ella, los ocho ojos clavados en los suyos le dieron miedo.

–¡Soltáme! ¡Dejáme! –gritó sacudiendo la pierna. Pero fue atraída.

–¡Mamá! ¡Ay, mamá! ¡Mamá, papá! –lloró imperiosamente. Trató aún de sujetarse del borde, pero sintióse arrancada y cayó.

–Mamá, ¡ay! Ma... –No pudo gritar más. Uno de ellos le apretó el cuello, apartando los bucles como si fueran plumas, y los otros la arrastraron de una sola pierna hasta la cocina, donde esa mañana se había desangrado a la gallina, bien sujeta, arrancándole la vida segundo por segundo.

Mazzini, en la casa de enfrente, creyó oír la voz de su hija.

–Me parece que te llama–le dijo a Berta.

Prestaron oído, inquietos, pero no oyeron más. Con todo, un momento después se despidieron, y mientras Berta iba a dejar su sombrero, Mazzini avanzó en el patio.

–¡Bertita!

Nadie respondió.

–¡Bertita! –alzó más la voz, ya alterada.

Y el silencio fue tan fúnebre para su corazón siempre aterrado, que la espalda se le heló de horrible presentimiento.

–¡Mi hija, mi hija! –corrió ya desesperado hacia el fondo. Pero al pasar frente a la cocina vio en el piso un mar de sangre. Empujó violentamente la puerta entornada, y lanzó un grito de horror.

Berta, que ya se había lanzado corriendo a su vez al oír el angustioso llamado del padre, oyó el grito y respondió con otro. Pero al precipitarse en la cocina, Mazzini, lívido como la muerte, se interpuso, conteniéndola:

−¡No entres! ¡No entres!

Berta alcanzó a ver el piso inundado de sangre. Sólo pudo echar sus brazos sobre la cabeza y hundirse a lo largo de él con un ronco suspiro.

La miel silvestre

Tengo en el Salto Oriental[1] dos primos, hoy hombres ya, que a sus doce años, y a consecuencia de profundas lecturas de Julio Verne, dieron en la rica empresa de abandonar su casa para ir a vivir al monte. Este queda a dos leguas de la ciudad. Allí vivirían primitivamente de la caza y la pesca. Cierto es que los dos muchachos no se habían acordado particularmente de llevar escopetas ni anzuelos; pero, de todos modos, el bosque estaba allí, con su libertad como fuente de dicha y sus peligros como encanto.

Desgraciadamente, al segundo día fueron hallados por quienes los buscaban. Estaban bastante atónitos todavía, no poco débiles, y con gran asombro de sus hermanos menores –iniciados también en Julio Verne– sabían andar aún en dos pies y recordaban el habla.

La aventura de los dos robinsones, sin embargo, fuera acaso más formal al haber tenido como teatro otro bosque menos dominguero. Las escapatorias llevan aquí en Misiones[2] a límites imprevistos, y a ello arrastró a Gabriel Benincasa el orgullo de sus *stromboot*[3].

Benincasa, habiendo concluido sus estudios de contaduría pública, sintió fulminante deseo de conocer la vida de la selva. No fue arrastrado por su temperamento, pues antes bien Benincasa era un muchacho pacífico, gordinflón y de cara rosada, en razón de su excelente salud. En consecuencia, lo suficiente cuerdo para preferir un té con leche y pastelitos a quién sabe qué fortuita e infernal comida del bosque. Pero así

31

como el soltero que fue siempre juicioso cree de su deber, la víspera de sus bodas, despedirse de la vida libre con una noche de orgía en componía de sus amigos, de igual modo Benincasa quiso honrar su vida aceitada con dos o tres choques de vida intensa. Y por este motivo remontaba el Paraná[4] hasta un obraje[5], con sus famosos *stromboot*.

Apenas salido de Corrientes[6] había calzado sus recias botas, pues los yacarés[7] de la orilla calentaban ya el paisaje. Mas a pesar de ello el contador público cuidaba mucho de su calzado, evitándole arañazos y sucios contactos.

De este modo llegó al obraje de su padrino, y a la hora tuvo éste que contener el desenfado de su ahijado.

—¿Adónde vas ahora? —le había preguntado sorprendido.

—Al monte; quiero recorrerlo un poco —repuso Benincasa, que acababa de colgarse el *winchester* al hombro.

—¡Pero infeliz! No vas a poder dar un paso. Sigue la picada[8], si quieres... O mejor deja esa arma y mañana te haré acompañar por un peón.

Benincasa renunció a su paseo. No obstante, fue hasta la vera del bosque y se detuvo. Intentó vagamente un paso adentro, y quedó quieto. Metiose las manos en los bolsillos y miró detenidamente aquella inextricable maraña, silbando débilmente aires truncos. Después de observar de nuevo el bosque a uno y otro lado, retornó bastante desilusionado.

Al día siguiente, sin embargo, recorrió la picada central por espacio de una legua, y aunque su fusil volvió profundamente dormido, Benincasa no deploró el paseo. Las fieras llegarían poco a poco.

Llegaron éstas a la segunda noche —aunque de un carácter un poco singular.

Benincasa dormía profundamente, cuando fue despertado por su padrino.

—¡Eh, dormilón! Levántate que te van a comer vivo.

Benincasa se sentó bruscamente en la cama, alucinado

por la luz de los tres faroles de viento que se movían de un lado a otro en la pieza. Su padrino y dos peones regaban el piso.

—¿Qué hay, qué hay? —preguntó echándose al suelo.

—Nada... Cuidado con los pies... La corrección.

Benincasa había sido ya enterado de las curiosas hormigas a que llamamos *corrección*. Son pequeñas, negras, brillantes y marchan velozmente en ríos más o menos anchos. Son esencialmente carnívoras. Avanzan devorando todo lo que encuentran a su paso: arañas, grillos, alacranes, sapos, víboras y a cuanto ser no puede resistirles. No hay animal, por grande y fuerte que sea, que no huya de ellas. Su entrada en una casa supone la exterminación absoluta de todo ser viviente, pues no hay rincón ni agujero profundo donde no se precipite el río devorador. Los perros aúllan, los bueyes mugen y es forzoso abandonarles la casa, a trueque de ser roídos en diez horas hasta el esqueleto. Permanecen en un lugar uno, dos, hasta cinco días, según su riqueza en insectos, carne o grasa. Una vez devorado todo, se van.

No resisten, sin embargo, a la creolina o droga similar; y como en el obraje abunda aquélla, antes de una hora el chalet quedó libre de la corrección.

Benincasa se observaba muy de cerca, en los pies, la placa lívida de una mordedura.

—¡Pican muy fuerte, realmente! —dijo sorprendido, levantando la cabeza hacia su padrino.

Éste, para quien la observación no tenía ya ningún valor, no respondió, felicitándose, en cambio, de haber contenido a tiempo la invasión. Benincasa reanudó el sueño, aunque sobresaltado toda la noche por pesadillas tropicales.

Al día siguiente se fue al monte, esta vez con un machete, pues había concluido por comprender que tal utensilio le sería en el monte mucho más útil que el fusil. Cierto es que su pulso no era maravilloso, y su acierto, mucho menos. Pero de todos modos lograba trozar las ramas, azotarse la cara y cortarse las botas; todo en uno.

34

El monte crepuscular y silencioso lo cansó pronto. Dábale la impresión —exacta por lo demás— de un escenario visto de día. De la bullente vida tropical no hay a esa hora más que el teatro helado; ni un animal, ni un pájaro, ni un ruido casi. Benincasa volvía cuando un sordo zumbido le llamó la atención. A diez metros de él, en un tronco hueco, diminutas abejas aureolaban la entrada del agujero. Se acercó con cautela y vio en el fondo de la abertura diez o doce bolas oscuras, del tamaño de un huevo.

—Esto es miel —se dijo el contador público con íntima gula—. Deben de ser bolsitas de cera, llenas de miel...

Pero entre él —Benincasa— y las bolsitas estaban las abejas. Después de un momento de descanso, pensó en el fuego; levantaría una buena humareda. La suerte quiso que mientras el ladrón acercaba cautelosamente la hojarasca húmeda, cuatro o cinco abejas se posaran en su mano, sin picarlo. Benincasa cogió una en seguida, y oprimiéndole el abdomen, constató que no tenía aguijón. Su saliva, ya liviana, se clarificó en melífica abundancia. ¡Maravillosos y buenos animalitos!

En un instante el contador desprendió las bolsitas de cera, y alejándose un buen trecho para escapar al pegajoso contacto de las abejas, se sentó en un raigón. De las doce bolas, siete contenían polen. Pero las restantes estaban llenas de miel, una miel oscura, de sombría transparencia, que Benincasa paladeó golosamente. Sabía distintamente a algo. ¿A qué? El contador no pudo precisarlo. Acaso a resina de frutales o de eucaliptus. Y por igual motivo, tenía la densa miel un vago dejo áspero. ¡Mas qué perfume, en cambio!

Benincasa, una vez bien seguro de que cinco bolsitas le serían útiles, comenzó. Su idea era sencilla: tener suspendido el panal goteante sobre su boca. Pero como la miel era espesa, tuvo que agrandar el agujero, después de haber permanecido medio minuto con la boca inútilmente abierta. Entonces la miel asomó, adelgazándose en pesado hilo hasta la lengua del contador.

Uno tras otro, los cinco panales se vaciaron así dentro de la boca de Benincasa. Fue inútil que éste prolongara la suspensión, y mucho más que repasara los globos exhaustos; tuvo que resignarse.

Entre tanto, la sostenida posición de la cabeza en alto lo había mareado un poco. Pesado de miel, quieto y los ojos bien abiertos, Benincasa consideró de nuevo el monte crepuscular. Los árboles y el suelo tomaban posturas por demás oblicuas, y su cabeza acompañaba el vaivén del paisaje.

—Qué curioso mareo... —pensó el contador—. Y lo peor es...

Al levantarse e intentar dar un paso, se había visto obligado a caer de nuevo sobre el tronco. Sentía su cuerpo de plomo, sobre todo las piernas, como si estuvieran inmensamente hinchadas. Y los pies y las manes le hormigueaban.

—¡Es muy raro, muy raro, muy raro! —se repitió estúpidamente Benincasa, sin escudriñar, sin embargo, el motivo de esa rareza. Como si tuviera hormigas... La corrección —concluyó.

Y de pronto la respiración se le cortó en seco, de espanto.

—¡Debe ser la miel!... ¡Es venenosa!... ¡Estoy envenenado!

Y a un segundo esfuerzo para incorporarse, se le erizó el cabello de terror; no había podido ni aun moverse. Ahora la sensación de plomo y el hormigueo subían hasta la cintura. Durante un rato el horror de morir allí, miserablemente solo, lejos de su madre y sus amigos, le cohibió todo medio de defensa.

—¡Voy a morir ahora!... ¡De aquí a un rato voy a morir!... ¡No puedo mover la mano!...

En su pánico constató, sin embargo, que no tenía fiebre ni ardor de garganta, y el corazón y pulmones conservaban su ritmo normal. Su angustia cambió de forma.

—¡Estoy paralítico, es la parálisis! ¡Y no me van a encontrar!...

Pero una visible somnolencia comenzaba a apoderarse de él, dejándole íntegras sus facultades, a la par que el mareo se aceleraba. Creyó así notar que el suelo oscilante se volvía negro y se agitaba vertiginosamente. Otra vez subió a su memoria el

recuerdo de la corrección, y en su pensamiento se fijó como una suprema angustia la posibilidad de que eso negro que invadía el suelo...

Tuvo aún fuerzas para arrancarse a ese último espanto, y de pronto lanzó un grito, un verdadero alarido, en que la voz del hombre recobra la tonalidad del niño aterrado: por sus piernas trepaba un precipitado río de hormigas negras. Alrededor de él la corrección devoradora oscurecía el suelo, y el contador sintió, por bajo del calzoncillo, el río de hormigas carnívoras que subían.

Su padrino halló por fin, dos días después, y sin la menor partícula de carne, el esqueleto cubierto de ropa de Benincasa. La corrección que merodeaba aún por allí, y las bolsitas de cera, lo iluminaron suficientemente.

No es común que la miel silvestre tenga esas propiedades narcóticas o paralizantes, pero se la halla. Las flores con igual carácter abundan en el trópico, y ya el sabor de la miel denuncia en la mayoría de los casos su condición; tal el dejo a resina de eucaliptus que creyó sentir Benincasa.

Notas.
1. *Salto Oriental:* departamento de Uruguay, fronterizo con Argentina.
2. *Misiones:* provincia del norte de Argentina, limítrofe con Paraguay y Brasil.
3. *stromboot:* botas altas y fuertes.
4. *Paraná:* río de América del Sur
5. *obraje:* establecimiento dedicado a la explotación forestal.
6. *Corrientes:* provincia del norte de Argentina, limítrofe con Paraguay, Brasil y Uruguay.
7. *yacaré:* especie de caimán, cocodrilo de América del Sur.
8. *picada:* trocha, sendero abierto en la selva.

A la Deriva

El hombre pisó algo blanduzco, y enseguida sintió la mordedura en el pie. Saltó adelante, y al volverse con un juramento vio una yararacusú[1] que arrollada sobre sí misma, esperaba otro ataque.

El hombre echó una veloz ojeada a su pie, donde dos gotitas de sangre engrosaban dificultosamente, y sacó el machete de la cintura. La víbora vio la amenaza, y hundió más la cabeza en el centro mismo de su espiral; pero el machete cayó de plano, dislocándole las vértebras.

El hombre se bajó hasta la mordedura, quitó las gotitas de sangre, y durante un instante contempló. Un dolor agudo nacía de los dos puntitos violetas, y comenzaba a invadir todo el pie. Apresuradamente se ligó el tobillo con su pañuelo y siguió por la picada hacia su rancho.

El dolor en el pie aumentaba, con sensación de tirante abultamiento, y de pronto el hombre sintió dos o tres fulgurantes puntadas que, como relámpagos habían irradiado desde la herida hasta la mitad de la pantorrilla. Movía la pierna con dificultad; una metálica sequedad de garganta, seguida de sed quemante, le arrancó un nuevo juramento.

Llegó por fin al rancho, y se echó de brazos sobre la rueda de un trapiche[2]. Los dos puntitos violeta desaparecían ahora en la monstruosa hinchazón del pie entero. La piel parecía adelgazada y a punto de ceder, de tensa. Quiso llamar a su mujer, y la voz se quebró en un ronco arrastre de garganta reseca. La sed lo devoraba.

–¡Dorotea! –alcanzó a lanzar en un estertor–. ¡Dame caña!

Su mujer corrió con un vaso lleno, que el hombre sorbió en tres tragos. Pero no había sentido gusto alguno.

–¡Te pedí caña[3], no agua! –rugió de nuevo–. ¡Dame caña!

–¡Pero es caña, Paulino! –protestó la mujer espantada.

–¡No, me diste agua! ¡Quiero caña, te digo!

La mujer corrió otra vez, volviendo con la damajuana[4]. El hombre tragó uno tras otro dos vasos, pero no sintió nada en la garganta.

–Bueno; esto se pone feo –murmuró entonces, mirando su pie lívido y ya con lustre gangrenoso. Sobre la honda ligadura del pañuelo, la carne desbordaba como una monstruosa morcilla.

Los dolores fulgurantes se sucedían en continuos relampagueos, y llegaban ahora a la ingle. La atroz sequedad de garganta que el aliento parecía caldear más, aumentaba a la par. Cuando pretendió incorporarse, un fulminante vómito lo mantuvo medio minuto con la frente apoyada en la rueda de palo.

Pero el hombre no quería morir, y descendiendo hasta la costa subió a su canoa. Sentose en la popa y comenzó a palear hasta el centro del Paraná. Allí la corriente del río, que en las inmediaciones del Iguazú[5] corre seis millas, lo llevaría antes de cinco horas a Tacurú–Pucú.

El hombre, con sombría energía, pudo efectivamente llegar hasta el medio del río; pero allí sus manos dormidas dejaron caer la pala en la canoa, y tras un nuevo vómito –de sangre esta vez– dirigió una mirada al sol que ya trasponía el monte.

La pierna entera, hasta medio muslo, era ya un bloque deforme y durísimo que reventaba la ropa. El hombre cortó la ligadura y abrió el pantalón con su cuchillo: el bajo vientre desbordó hinchado, con grandes manchas lívidas y terriblemente doloroso. El hombre pensó que no podría jamás llegar él solo a Tacurú–Pucú, y se decidió a pedir ayuda a su compadre Alves, aunque hacía mucho tiempo que estaban disgustados.

La corriente del río se precipitaba ahora hacia la costa brasileña, y el hombre pudo fácilmente atracar. Se arrastró por la picada en cuesta arriba, pero a los veinte metros, exhausto, quedó tendido de pecho.

–¡Alves! –gritó con cuanta fuerza pudo; y prestó oído en vano.

–¡Compadre Alves! ¡No me niegue este favor! –clamó de nuevo, alzando la cabeza del suelo. En el silencio de la selva no se oyó un solo rumor. El hombre tuvo aún valor para llegar hasta su canoa, y la corriente, cogiéndola de nuevo, la llevó velozmente a la deriva.

El Paraná corre allí en el fondo de una inmensa hoya, cuyas paredes, altas de cien metros, encajonan fúnebremente el río. Desde las orillas bordeadas de negros bloques de basalto, asciende el bosque, negro también. Adelante, a los costados, atrás, la eterna muralla lúgubre, en cuyo fondo el río arremolinado se precipita en incesantes borbollones de agua fangosa. El paisaje es agresivo, y reina en él un silencio de muerte. Al atardecer, sin embargo, su belleza sombría y calma cobra una majestad única.

El sol había caído ya cuando el hombre, semitendido en el fondo de la canoa, tuvo un violento escalofrío. Y de pronto, con asombro, enderezó pesadamente la cabeza: se sentía mejor. La pierna le dolía apenas, la sed disminuía, y su pecho, libre ya, se abría en lenta inspiración.

El veneno comenzaba a irse, no había duda. Se hallaba casi bien, y aunque no tenía fuerzas para mover la mano, contaba con la caída del rocío para reponerse del todo. Calculó que antes de tres horas estaría en Tacurú–Pucú.

El bienestar avanzaba, y con él una somnolencia llena de recuerdos. No sentía ya nada ni en la pierna ni en el vientre. ¿Viviría aún su compadre Gaona en Tacurú–Pucú? Acaso viera también a su ex patrón mister Dougald, y al recibidor del obraje.

¿Llegaría pronto? El cielo, al poniente, se abría ahora en pantalla de oro, y el río se había coloreado también. Desde la costa paraguaya, ya entenebrecida, el monte dejaba caer sobre el río su frescura crepuscular, en penetrantes efluvios de azahar y miel silvestre. Una pareja de guacamayos[6] cruzó muy alto y en silencio hacia el Paraguay.

Allá abajo, sobre el río de oro, la canoa derivaba velozmente, girando a ratos sobre sí misma ante el borbollón de un remolino. El hombre que iba en ella se sentía cada vez mejor, y pensaba entretanto en el tiempo justo que había pasado sin ver a su ex patrón Dougald. ¿Tres años? Tal vez no, no tanto.

43

¿Dos años y nueve meses? Acaso. ¿Ocho meses y medio? Eso sí, seguramente.

De pronto sintió que estaba helado hasta el pecho. ¿Qué sería? Y la respiración también...

Al recibidor de maderas de mister Dougald, Lorenzo Cubilla, lo había conocido en Puerto Esperanza un viernes santo... ¿Viernes? Sí, o jueves...

El hombre estiró lentamente los dedos de la mano.

—Un jueves...

Y cesó de respirar.

Notas.

1. *yararacusú*: víbora muy venenosa.
2. *trapiche*: molino utilizado para moler caña de azúcar o minerales.
3. *caña*: aguardiente obtenido de la caña de azúcar.
4. *damajuana*: garrafa de vidrio o loza cubierta de mimbre
5. *Iguazú*: afluente del Paraná
6. *guacamayo*: papagallo americano

El hombre muerto

El hombre y su machete acababan de limpiar la quinta calle del bananal. Faltábanles aún dos calles; pero como en éstas abundaban las chircas[1] y malvas silvestres, la tarea que tenían por delante era muy poca cosa. El hombre echó, en consecuencia, una mirada satisfecha a los arbustos rozados y cruzó el alambrado para tenderse un rato en la gramilla.

Mas al bajar el alambre de púa y pasar el cuerpo, su pie izquierdo resbaló sobre un trozo de corteza desprendida del poste, a tiempo que el machete se le escapaba de la mano. Mientras caía, el hombre tuvo la impresión sumamente lejana de no ver el machete de plano en el suelo.

Ya estaba tendido en la gramilla, acostado sobre el lado derecho, tal como él quería. La boca, que acababa de abrírsele en toda su extensión, acababa también de cerrarse. Estaba como hubiera deseado estar, las rodillas dobladas y la mano izquierda sobre el pecho. Sólo que tras el antebrazo, e inmediatamente por debajo del cinto, surgían de su camisa el puño y la mitad de la hoja del machete, pero el resto no se veía.

El hombre intentó mover la cabeza en vano. Echó una mirada de reojo a la empuñadura del machete, húmeda aún del sudor de su mano. Apreció mentalmente la extensión y la trayectoria del machete dentro de su vientre, y adquirió fría, matemática e inexorable, la seguridad de que acababa de llegar al término de su existencia.

La muerte. En el transcurso de la vida se piensa muchas veces en que un día, tras años, meses, semanas y días preparatorios, llegaremos a nuestro turno al umbral de la muerte. Es la ley fatal, aceptada y prevista; tanto, que solemos dejarnos llevar placenteramente por la imaginación a ese momento, supremo entre todos, en que lanzamos el último suspiro.

Pero entre el instante actual y esa postrera expiración, ¡qué de sueños, trastornos, esperanzas y dramas presumimos en nuestra vida! ¡Qué nos reserva aún esta existencia llena de vigor, antes de su eliminación del escenario humano!

Es éste el consuelo, el placer y la razón de nuestras divagaciones mortuorias: ¡Tan lejos está la muerte, y tan imprevisto lo que debemos vivir aún!

¿Aún...? No han pasado dos segundos: el sol está exactamente a la misma altura; las sombras no han avanzado un milímetro. Bruscamente, acaban de resolverse para el hombre tendido las divagaciones a largo plazo: Se está muriendo.

Muerto. Puede considerarse muerto en su cómoda postura.

Pero el hombre abre los ojos y mira. ¿Qué tiempo ha pasado? ¿Qué cataclismo ha sobrevivido en el mundo? ¿Qué trastorno de la naturaleza trasuda el horrible acontecimiento?

Va a morir. Fría, fatal e ineludiblemente, va a morir.

El hambre resiste —¡es tan imprevisto ese horror!— y piensa: Es una pesadilla; ¡esto es! ¿Qué ha cambiado? Nada. Y mira: ¿No es acaso ese bananal? ¿No viene todas las mañanas a limpiarlo? ¿Quién lo conoce como él? Ve perfectamente el bananal, muy raleado, y las anchas hojas desnudas al sol. Allí están, muy cerca, deshilachadas por el viento. Pero ahora no se mueven... Es la calma del mediodía; pero deben ser las doce.

Por entre los bananos, allá arriba, el hombre ve desde el duro suelo el techo rojo de su casa. A la izquierda entrevé el monte y la capuera[2] de canelas. No alcanza a ver más, pero sabe muy bien que a sus espaldas está el camino al puerto nuevo; y que en la dirección de su cabeza, allá abajo, yace en el fondo del valle el Paraná dormido como un lago. Todo, todo exactamente como siempre; el sol de fuego, el aire vibrante y

solitario, los bananos inmóviles, el alambrado de postes muy gruesos y altos que pronto tendrá que cambiar...

¡Muerto! ¿Pero es posible? ¿No es éste uno de los tantos días en que ha salido al amanecer de su casa con el machete en la mano? ¿No está allí mismo con el machete en la mano? ¿No está allí mismo, a cuatro metros de él, su caballo, su malacara, oliendo parsimoniosamente el alambre de púa?

¡Pero sí! Alguien silba. No puede ver, porque está de espaldas al camino; mas siente resonar en el puentecito los pasos del caballo... Es el muchacho que pasa todas las mañanas hacia el puerto nuevo, a las once y media. Y siempre silbando.. Desde el poste descascarado que toca casi con las botas, hasta el cerco vivo de monte que separa el bananal del camino, hay quince metros largos. Lo sabe perfectamente bien, porque él mismo, al levantar el alambrado, midió la distancia.

¿Qué pasa, entonces? ¿Es ése o no un natural mediodía de los tantos en Misiones, en su monte, en su potrero, en el bananal ralo? ¡Sin duda! Gramilla corta, conos de hormigas, silencio, sol a plomo...

Nada, nada ha cambiado. Sólo él es distinto. Desde hace dos minutos su persona, su personalidad viviente, nada tiene ya que ver ni con el potrero, que formó él mismo a azada, durante cinco meses consecutivos, ni con el bananal, obras de sus solas manos. Ni con su familia. Ha sido arrancado bruscamente, naturalmente, por obra de una cáscara lustrosa y un machete en el vientre. Hace dos minutos: Se muere.

El hombre muy fatigado y tendido en la gramilla sobre el costado derecho, se resiste siempre a admitir un fenómeno de esa trascendencia, ante el aspecto normal y monótono de cuanto mira. Sabe bien la hora: las once y media... El muchacho de todos los días acaba de pasar el puente.

¡Pero no es posible que haya resbalado...! El mango de su machete (pronto deberá cambiarlo por otro; tiene ya poco vuelo) estaba perfectamente oprimido entre su mano izquierda

48

y el alambre de púa. Tras diez años de bosque, él sabe muy bien cómo se maneja un machete de monte. Está solamente muy fatigado del trabajo de esa mañana, y descansa un rato como de costumbre.

¿La prueba...? ¡Pero esa gramilla que entra ahora por la comisura de su boca la plantó él mismo en panes de tierra distantes un metro uno de otro! ¡Ya ése es su bananal; y ése es su malacara, resoplando cauteloso ante las púas del alambre! Lo ve perfectamente; sabe que no se atreve a doblar la esquina del alambrado, porque él está echado casi al pie del poste. Lo distingue muy bien; y ve los hilos oscuros de sudor que arrancan de la cruz y del anca. El sol cae a plomo, y la calma es muy grande, pues ni un fleco de los bananos se mueve. Todos los días, como ése, ha visto las mismas cosas.

...Muy fatigado, pero descansa solo. Deben de haber pasado ya varios minutos... Y a las doce menos cuarto, desde allá arriba, desde el chalet de techo rojo, se desprenderán hacia el bananal su mujer y sus dos hijos, a buscarlo para almorzar. Oye siempre, antes que las demás, la voz de su chico menor que quiere soltarse de la mano de su madre: ¡Piapiá! ¡ Piapiá!

¿No es eso...? ¡Claro, oye! Ya es la hora. Oye efectivamente la voz de su hijo...

¡Qué pesadilla...! ¡Pero es uno de los tantos días, trivial como todos, claro está! Luz excesiva, sombras amarillentas, calor silencioso de horno sobre la carne, que hace sudar al malacara inmóvil ante el bananal prohibido.

...Muy cansado, mucho, pero nada más. ¡Cuántas veces, a mediodía como ahora, ha cruzado volviendo a casa ese potrero, que era capuera cuando él llegó, y antes había sido monte virgen! Volvía entonces, muy fatigado también, con su machete pendiente de la mano izquierda, a lentos pasos.

Puede aún alejarse con la mente, si quiere; puede si quiere abandonar un instante su cuerpo y ver desde el tejamar por él construido, el trivial paisaje de siempre: el pedregullo volcánico con gramas rígidas; el bananal y su arena roja: el alambrado empequeñecido en la pendiente, que se acoda hacia el camino. Y más lejos aún ver el potrero, obra sola de sus manos. Y al pie de un poste descascarado, echado sobre el costado derecho y las piernas recogidas, exactamente como todos los días, puede verse a él mismo, como un pequeño bulto asoleado sobre la gramilla –descansando, porque está muy cansado...

Pero el caballo rayado de sudor, e inmóvil de cautela ante el esquinado del alambrado, ve también al hombre en el suelo y no se atreve a costear el bananal como desearía. Ante las voces que ya están próximas –¡Piapiá!– vuelve un largo, largo rato las orejas inmóviles al bulto: y tranquilizado al fin, se decide a pasar entre el poste y el hombre tendido que ya ha descansado.

Notas.
1. *chirca*: arbol de madera dura, hojas ásperas y flores amarillas
2. *capuera*: parte de la selva desbrozada para el cultivo.

El hijo

Es un poderoso día de verano en Misiones, con todo el sol, el calor y la calma que puede deparar la estación. La naturaleza plenamente abierta, se siente satisfecha de sí.

Como el sol, el calor y la calma ambiente, el padre abre también su corazón a la naturaleza.

—Ten cuidado, chiquito —dice a su hijo; abreviando en esa frase todas las observaciones del caso y que su hijo comprende perfectamente.

—Si, papá —responde la criatura mientras coge la escopeta y carga de cartuchos los bolsillos de su camisa, que cierra con cuidado.

—Vuelve a la hora de almorzar —observa aún el padre.

—Sí, papá —repite el chico.

Equilibra la escopeta en la mano, sonríe a su padre, lo besa en la cabeza y parte.

Su padre lo sigue un rato con los ojos y vuelve a su quehacer de ese día, feliz con la alegría de su pequeño.

Sabe que su hijo es educado desde su más tierna infancia en el hábito y la precaución del peligro, puede manejar un fusil y cazar no importa qué. Aunque es muy alto para su edad, no tiene sino trece años. Y parecía tener menos, a juzgar por la pureza de sus ojos azules, frescos aún de sorpresa infantil.

No necesita el padre levantar los ojos de su quehacer para seguir con la mente la marcha de su hijo: ha cruzado la picada roja y se encamina rectamente al monte a través del abra de espartillo.

Para cazar en el monte –caza de pelo– se requiere más paciencia de la que su cachorro puede rendir. Después de atravesar esa isla de monte, su hijo costeará la linde de cactus hasta el bañado, en procura de palomas, tucanes o tal cual casal[1] de garzas, como las que su amigo Juan ha descubierto días anteriores.

Sólo ahora, el padre esboza una sonrisa al recuerdo de la pasión cinegética de las dos criaturas. Cazan sólo a veces un yacútoro[2], un surucuá[3] –menos aún– y regresan triunfales, Juan a su rancho con el fusil de nueve milímetros que él le ha regalado, y su hijo a la meseta con la gran escopeta Saint–Étienne, calibre 16, cuádruple cierre y pólvora blanca.

Él fue lo mismo. A los trece años hubiera dado la vida por poseer una escopeta. Su hijo, de aquella edad, la posee ahora y el padre sonríe.

No es fácil, sin embargo, para un padre viudo, sin otra fe ni esperanza que la vida de su hijo, educarlo como lo ha hecho él, libre en su corto radio de acción, seguro de sus pequeños pies y manos desde que tenía cuatro años, consciente de la inmensidad de ciertos peligros y de la escasez de sus propias fuerzas.

Ese padre ha debido luchar fuertemente contra lo que él considera su egoísmo. ¡Tan fácilmente una criatura calcula mal, sienta un pie en el vacío y se pierde un hijo!

El peligro subsiste siempre para el hombre en cualquier edad; pero su amenaza amengua si desde pequeño se acostumbra a no contar sino con sus propias fuerzas.

De este modo ha educado el padre a su hijo. Y para conseguirlo ha debido resistir no sólo a su corazón, sino a sus tormentos morales; porque ese padre, de estómago y vista débiles, sufre desde hace un tiempo de alucinaciones.

Ha visto, concretados en dolorosísima ilusión, recuerdos de una felicidad que no debía surgir más de la nada en que se recluyó. La imagen de su propio hijo no ha escapado a este tormento. Lo ha visto una vez rodar envuelto en sangre

cuando el chico percutía en la morsa del taller una bala de parabellum, siendo así que lo que hacía era limar la hebilla de su cinturón de caza.

Horrible caso … Pero hoy, con el ardiente y vital día de verano, cuyo amor a su hijo parece haber heredado, el padre se siente feliz, tranquilo, y seguro del porvenir.

En ese instante, no muy lejos suena un estampido.

—La Saint-Étienne… —piensa el padre al reconocer la detonación—. Dos palomas de menos en el monte…

Sin prestar más atención al nimio acontecimiento, el hombre se abstrae de nuevo en su tarea.

El sol, ya muy alto, continúa ascendiendo. Adónde quiera que se mire —piedras, tierra, árboles—, el aire enrarecido como en un horno, vibra con el calor. Un profundo zumbido que llena el ser entero e impregna el ámbito hasta donde la vista alcanza, concentra a esa hora toda la vida tropical.

El padre echa una ojeada a su muñeca: las doce. Y levanta los ojos al monte.

Su hijo debía estar ya de vuelta. En la mutua confianza que depositan el uno en el otro —el padre de sienes plateadas y la criatura de trece años—, no se engañan jamás. Cuando su hijo responde: "Sí, papá", hará lo que dice. Dijo que volvería antes de las doce, y el padre ha sonreído al verlo partir.

Y no ha vuelto.

El hombre torna a su quehacer, esforzándose en concentrar la atención en su tarea. ¡Es tan fácil, tan fácil perder la noción de la hora dentro del monte, y sentarse un rato en el suelo mientras se descansa inmóvil!

Bruscamente, la luz meridiana, el zumbido tropical y el corazón del padre se detienen a compás de lo que acaba de pensar: su hijo descansa inmóvil…

El tiempo ha pasado; son las doce y media. El padre sale de su taller, y al apoyar la mano en el banco de mecánica sube del fondo de su memoria el estallido de una bala de parabellum, e instantáneamente, por primera vez en las tres transcurridas, piensa que tras el estampido de la Saint–Étienne no ha oído nada más. No ha oído rodar el pedregullo bajo un paso conocido. Su hijo no ha vuelto y la naturaleza se halla detenida a la vera del bosque, esperándolo.

¡Oh! no son suficientes un carácter templado y una ciega confianza en la educación de un hijo para ahuyentar el espectro de la fatalidad que un padre de vista enferma ve alzarse desde la línea del monte. Distracción, olvido, demora fortuita: ninguno de estos nimios motivos que pueden retardar la llegada de su hijo hallan cabida en aquel corazón.

Un tiro, un solo tiro ha sonado, y hace mucho. Tras él, el padre no ha oído un ruido, no ha visto un pájaro, no ha cruzado el abra una sola persona a anunciarle que al cruzar un alambrado, una gran desgracia...

La cabeza al aire y sin machete, el padre va. Corta el abra de espartillo, entra en el monte, costea la línea de cactus sin hallar el menor rastro de su hijo.

Pero la naturaleza prosigue detenida. Y cuando el padre ha recorrido las sendas de caza conocidas y ha explorado el bañado en vano, adquiere la seguridad de que cada paso que da en adelante lo lleva, fatal e inexorablemente, al cadáver de su hijo.

Ni un reproche que hacerse, es lamentable. Sólo la realidad fría terrible y consumada: ha muerto su hijo al cruzar un...

¡Pero dónde, en qué parte! ¡Hay tantos alambrados allí, y es tan, tan sucio el monte! ¡Oh, muy sucio! Por poco que no se tenga cuidado al cruzar los hilos con la escopeta en la mano...

El padre sofoca un grito. Ha visto levantarse en el aire... ¡Oh, no es su hijo, no! Y vuelve a otro lado, y a otro y a otro...

Nada se ganaría con ver el color de su tez y la angustia de sus ojos. Ese hombre aún no ha llamado a su hijo. Aunque su corazón clama por él a gritos, su boca continúa muda. Sabe bien que el solo acto de pronunciar su nombre, de llamarlo en voz alta, será la confesión de su muerte.

–¡Chiquito! –se le escapa de pronto. Y si la voz de un hombre de carácter es capaz de llorar, tapémonos de misericordia los oídos ante la angustia que clama en aquella voz.

Nadie ni nada ha respondido. Por las picadas rojas de sol, envejecido en diez años, va el padre buscando a su hijo que acaba de morir.

–¡Hijito mío...! ¡Chiquito mío...! –clama en un diminutivo que se alza del fondo de sus entrañas.

Ya antes, en plena dicha y paz, ese padre ha sufrido la alucinación de su hijo rodando con la frente abierta por una bala al cromo níquel. Ahora, en cada rincón sombrío del bosque ve centellos de alambre; y al pie de un poste, con la escopeta descargada al lado, ve a su...

–¡Chiquito...! ¡Mi hijo!

Las fuerzas que permiten entregar un pobre padre alucinado a la mas atroz pesadilla tienen también un límite. Y el nuestro siente que las suyas se le escapan, cuando ve bruscamente desembocar de un pique lateral a su hijo.

A un chico de trece años bástale ver desde cincuenta metros la expresión de su padre sin machete dentro del monte para apresurar el paso con los ojos húmedos.

–Chiquito... –murmura el hombre. Y, exhausto se deja caer sentado en la arena albeante, rodeando con los brazos las piernas de su hijo.

La criatura, así ceñida, queda de pie; y como comprende el dolor de su padre, le acaricia despacio la cabeza:

–Pobre papá...

En fin, el tiempo ha pasado. Ya van a ser las tres. Juntos ahora, padre e hijo emprenden el regreso a la casa.

–¿Cómo no te fijaste en el sol para saber la hora...? –murmura aún el primero.

–Me fijé, papá... Pero cuando iba a volver vi las garzas de Juan y las seguí...

–¡Lo que me has hecho pasar, chiquito!

—Piapiá... —murmura también el chico.

Después de un largo silencio:

—Y las garzas, ¿las mataste? —pregunta el padre.

—No.

Nimio detalle, después de todo. Bajo el cielo y el aire candentes, a la descubierta por el abra de espartillo, el hombre devuelve a casa con su hijo, sobre cuyos hombros, casi del alto de los suyos, lleva pasado su feliz brazo de padre. Regresa empapado de sudor, y aunque quebrantado de cuerpo y alma, sonríe de felicidad.

Sonríe de alucinada felicidad... Pues ese padre va solo. A nadie ha encontrado, y su brazo se apoya en el vacío. Porque tras él, al pie de un poste y con las piernas en alto, enredadas en el alambre de púa, su hijo bienamado yace al sol, muerto desde las diez de la mañana.

Notas.

1. *casal:* pareja de macho y hembra.

2. *acútoro:* pájaro de gran tamaño, con plumaje negro, con la garganta y el pecho rojo anaranjado.

3. *surucuá:* ave de gran colorido.

El desierto

La canoa se deslizaba costeando el bosque, o lo que podía parecer bosque en aquella oscuridad. Más por instinto que por indicio alguno Subercasaux sentía su proximidad, pues las tinieblas eran un solo bloque infranqueable, que comenzaban en las manos del remero y subían hasta el cenit. El hombre conocía bastante bien su río, para no ignorar dónde se hallaba; pero en tal noche y bajo amenaza de lluvia, era muy distinto atracar entre tacuaras punzantes o pajonales podridos, que en su propio puertito. Y Subercasaux no iba solo en la canoa.

La atmósfera estaba cargada a un grado asfixiante. En lado alguno a que se volviera el rostro, se hallaba un poco de aire que respirar. Y en ese momento, claras y distintas, sonaban en la canoa algunas gotas.

Subercasaux alzó los ojos, buscando en vano en el cielo una conmoción luminosa o la fisura de un relámpago. Como en toda la tarde, no se oía tampoco ahora un solo trueno.

Lluvia para toda la noche –pensó. Y volviéndose a sus acompañantes, que se mantenían mudos en popa:

–Pónganse las capas –dijo brevemente–. Y sujétense bien.

En efecto, la canoa avanzaba ahora doblando las ramas, y dos o tres veces el remo de babor se había deslizado sobre un gajo sumergido. Pero aun a trueque de romper un remo, Subercasaux no perdía contacto con la fronda, pues de apartarse cinco metros de la costa podía cruzar y recruzar toda la noche delante de su puerto, sin lograr verlo.

Bordeando literalmente el bosque a flor de agua, el remero avanzó un rato aún. Las gotas caían ahora más densas, pero también con mayor intermitencia. Cesaban bruscamente, como si hubieran caído no se sabe de dónde. Y recomenzaban otra vez, grandes, aisladas y calientes, para cortarse de nuevo en la misma oscuridad y la misma depresión de atmósfera.

–Sujétense bien –repitió Subercasaux a sus dos acompañantes–. Ya hemos llegado.

En efecto, acababa de entrever la escotadura de su puerto. Con dos vigorosas remadas lanzó la canoa sobre la greda, y mientras sujetaba la embarcación al piquete, sus dos silenciosos acompañantes saltaban a tierra, la que a pesar de la oscuridad se distinguía bien, por hallarse cubierta de miríadas de gusanillos luminosos que hacían ondular el piso con sus fuegos rojos y verdes.

Hasta lo alto de la barranca, que los tres viajeros treparon bajo la lluvia, por fin uniforme y maciza, la arcilla empapada fosforeció. Pero luego las tinieblas los aislaron de nuevo; y entre ellas, la búsqueda del *sulky*[1] que habían dejado caído sobre las varas.

La frase hecha: "No se ve ni las manos puestas bajo los ojos", es exacta. Y en tales noches, el momentáneo fulgor de un fósforo no tiene otra utilidad que apretar enseguida la tiniebla mareante, hasta hacernos perder el equilibrio.

Hallaron, sin embargo, el *sulky*, mas no el caballo. Y dejando de guardia junto a una rueda a sus dos acompañantes, que, inmóviles bajo el capuchón caído, crepitaban de lluvia, Subercasaux fue espinándose hasta el fondo de la picada, donde halló a su caballo naturalmente enredado en las riendas.

No había Subercasaux empleado mas de veinte minutos en buscar y traer al animal; pero cuando al orientarse en las cercanías del *sulky* con un:

–¿Están ahí, chiquitos? –oyó:

–Si, piapiá.

Subercasaux se dio por primera vez cuenta exacta, en esa noche, de que los dos compañeros que había abandonado a la noche y a la lluvia eran sus dos hijos, de cinco y seis años, cuyas cabezas no alcanzaban al cubo de la rueda, y que, juntitos y chorreando esperaban tranquilos a que su padre volviera.

Regresaban por fin a casa, contentos y charlando. Pasados los instantes de inquietud o peligro, la voz de Subercasaux era muy distinta de aquella con que hablaba a sus chiquitos cuando debía dirigirse a ellos como a hombres. Su voz había bajado dos tonos; y nadie hubiera creído allí, al oír la ternura de las voces, que quien reía entonces con las criaturas era el mismo hombre de acento duro y breve de media hora antes. Y quienes en verdad dialogaban ahora eran Subercasaux y su chica, pues el varoncito –el menor– se había dormido en las rodillas del padre.

Subercasaux se levantaba generalmente al aclarar; y aunque lo hacía sin ruido, sabía bien que en el cuarto inmediato

su chico, tan madrugador como él, hacía rato que estaba con los ojos abiertos esperando sentir a su padre para levantarse. Y comenzaba entonces la invariable fórmula de saludo matinal de uno a otro cuarto:

–¡Buen día, piapiá!

–¡Buen día, mi hijito querido!

–¡Buen día, piapiacito adorado!

–¡Buen día, corderito sin mancha!

–¡Buen día, ratoncito sin cola!

–¡Coaticito mío!

–¡Piapiá tatucito!

–¡Carita de gato!

–¡Colita de víbora!

Y en este pintoresco estilo, un buen rato más. Hasta que, ya vestidos, se iban a tomar café bajo las palmeras en tanto que la mujercita continuaba durmiendo como una piedra, hasta que el sol en la cara la despertaba.

Subercasaux, con sus dos chiquitos, hechura suya en sentimientos y educación, se consideraba el padre más feliz de la tierra. Pero lo había conseguido a costa de dolores más duros de los que suelen conocer los hombres casados.

Bruscamente, como sobrevienen las cosas que no se conciben por su aterradora injusticia, Subercasaux perdió a su mujer. Quedó de pronto solo, con dos criaturas que apenas lo conocían, y en la misma casa por él construida y por ella arreglada, donde cada clavo y cada pincelada en la pared eran un agudo recuerdo de compartida felicidad.

Supo al día siguiente al abrir por casualidad el ropero, lo que es ver de golpe la ropa blanca de su mujer ya enterrada; y colgado, el vestido que ella no tuvo tiempo de estrenar.

Conoció la necesidad perentoria y fatal, si se quiere seguir viviendo, de destruir hasta el último rastro del pasado, cuando quemó con los ojos fijos y secos las cartas por él escritas a su mujer, y que ella guardaba desde novia con más amor que sus trajes de ciudad. Y esa misma tarde supo, por fin, lo que es retener en los brazos, deshecho al fin de sollozos, a una criatura que pugna por desasirse para ir a jugar con el chico de la cocinera.

Duro, terriblemente duro aquello... Pero ahora reía con sus dos cachorros que formaban con él una sola persona, dado el modo curioso como Subercasaux educaba a sus hijos.

Las criaturas, en efecto, no temían a la oscuridad, ni a la soledad, ni a nada de lo que constituye el terror de los bebés criados entre las polleras de la madre. Más de una vez, la noche cayó sin que Subercasaux hubiera vuelto del río, y las criaturas encendieron el farol de viento a esperarlo sin inquietud. O se despertaban solos en medio de una furiosa tormenta que los enceguecía a través de los vidrios, para volverse a dormir enseguida, seguros y confiados en el regreso de papá.

No temía a nada, sino a lo que su padre les advertía debían temer; y en primer grado, naturalmente, figuraban las víboras. Aunque libres, respirando salud y deteniéndose a mirarlo todo con sus grandes ojos de cachorros alegres, no hubieran sabido qué hacer un instante sin la compañía del padre. Pero si éste, al salir, les advertía que iba a estar tal tiempo ausente, los chicos se quedaban entonces contentos a jugar entre ellos. De igual modo, si en sus mutuas y largas andanzas por el monte o el río, Subercasaux debía alejarse minutos u horas, ellos improvisaban enseguida un juego, y lo aguardaban indefectiblemente en el mismo lugar, pagando así, con ciega y alegre obediencia, la confianza que en ellos depositaba su padre.

Galopaban a caballo por su cuenta, y esto desde que el varoncito tenía cuatro años. Conocían perfectamente –como toda criatura libre– el alcance de sus fuerzas , y jamás lo sobrepasaban. Llegaban a veces , solos, hasta el Yabebirí, al acantilado de arenisca rosa.

–Cerciórense bien del terreno, y siéntense después –le había dicho su padre.

El acantilado se alza perpendicular a veinte metros de un agua profunda y umbría que refresca las grietas de su base. Allá arriba, diminutos, los chicos de Subercasaux se aproximaban tanteando las piedras con el pie. Y seguros, por fin, se sentaban a dejar jugar las sandalias sobre el abismo.

Naturalmente, todo esto lo había conquistado Subercasaux en etapas sucesivas y con las correspondientes angustias.

–Un día se mata un chico –decíase–. Y por el resto de mis días pasaré preguntándome si tenía razón al educarlos así.

Sí, tenía razón. Y entre los escasos consuelos de un padre que queda solo con huérfanos, es el más grande el de poder educar a los hijos de acuerdo con una sola línea de carácter.

Subercasaux era, pues, feliz, y las criaturas sentíanse entrañablemente ligadas a aquel hombrón que jugaba horas enteras con ellos, les enseñaba a leer en el suelo con grandes letras rojas y pesadas de minio y les cosía las rasgaduras de sus bombachas con sus tremendas manos endurecidas.

De coser bolsas en el Chaco, cuando fue allá plantador de algodón, Subercasaux había conservado la costumbre y el

gusto de coser. Cosía su ropa, la de sus chicos, las fundas del revólver, las velas de su canoa, todo con hilo de zapatero y a puntada por nudo. De modo que sus camisas podían abrirse por cualquier parte menos donde él había puesto su hilo encerado.

En punto a juegos, las criaturas estaban acordes en reconocer en su padre a un maestro, particularmente en su modo de correr en cuatro patas, tan extraordinario que los hacía en seguida gritar de risa.

Como, a más de sus ocupaciones fijas, Subercasaux tenía inquietudes experimentales, que cada tres meses cambiaban de rumbo, sus hijos, constantemente a su lado, conocían una porción de cosas que no es habitual conozcan las criaturas de esa edad. Habían visto –y ayudado a veces– a disecar animales, fabricar creolina, extraer caucho del monte para pegar sus impermeables; habían visto teñir las camisas de su padre de todos los colores, construir palancas de ocho mil kilos para estudiar cementos; fabricar superfosfatos, vino de naranja, secadoras de tipo Mayfarth, y tender, desde el monte al bungalow, un alambre carril suspendido a diez metros del suelo, por cuyas vagonetas los chicos bajaban volando hasta la casa.

Por aquel tiempo había llamado la atención de Subercasaux un yacimiento o filón de arcilla blanca que la última gran bajada del Yabebirí dejara a descubierto. Del estudio de dicha arcilla había pasado a las otras del país, que cocía en sus hornos de cerámica –naturalmente, construido por él–. Y si había de buscar índices de cocción, vitrificación y demás, con muestras amorfas, prefería ensayar con cacharros, caretas y animales fantásticos, en todo lo cual sus chicos lo ayudaban con gran éxito.

De noche, y en las tardes muy oscuras del temporal, entraba la fábrica en gran movimiento. Subercasaux encendía temprano el horno, y los ensayistas, encogidos por el frío y restregándose las manos, sentábanse a su calor a modelar.

66

Pero el horno chico de Subercasaux levantaba fácilmente mil grados en dos horas, y cada vez que a este punto se abría su puerta para alimentarlo, partía del hogar albeante un verdadero golpe de fuego que quemaba las pestañas. Por lo cual los ceramistas retirábanse a un extremo del taller, hasta que el viento helado que filtraba silbando por entre las tacuaras de la pared los llevaba otra vez, con mesa y todo, a caldearse de espaldas al horno.

Salvo las piernas desnudas de los chicos, que eran las que recibían ahora las bocanadas de fuego, todo marchaba bien. Subercasaux sentía debilidad por los cacharros prehistóricos; la nena modelaba de preferencia sombreros de fantasía, y el varoncito hacía, indefectiblemente, víboras.

A veces, sin embargo, el ronquido monótono del horno no los animaba bastante, y recurrían entonces al gramófono, que tenía los mismos discos desde que Subercasaux se casó y que los chicos habían aporreado con toda clase de púas, clavos, tacuaras y espinas que ellos mismos aguzaban. Cada uno se encargaba por turno de administrar la máquina, lo cual consistía en cambiar automáticamente de disco sin levantar siquiera los ojos de la arcilla y reanudar enseguida el trabajo. Cuando habían pasado todos los discos, tocaba a otro el turno de repetir exactamente lo mismo. No oían ya la música, por resaberla de memoria; pero les entretenía el ruido.

A la diez los ceramistas daban por terminada su tarea y se levantaban a proceder por primera vez al examen crítico de sus obras de arte, pues antes de haber concluido todos no se permitía el menor comentario. Y era de ver, entonces, el alborozo ante las fantasías ornamentales de la mujercita y el entusiasmo que levantaba la obstinada colección de víboras del nene. Tras lo cual Subercasaux extinguía el fuego del horno, y todos de la mano atravesaban corriendo la noche helada hasta su casa.

Tres días después del paseo nocturno que hemos contado, Subercasaux quedó sin sirvienta; y este incidente, ligero y sin consecuencias en cualquier otra parte, modificó hasta el extremo la vida de los tres desterrados.

En los primeros momentos de su soledad, Subercasaux había contado para criar a sus hijos con la ayuda de una excelente mujer, la misma cocinera que lloró y halló la casa demasiado sola a la muerte de su señora.

Al mes siguiente se fue, y Subercasaux pasó todas las penas para reemplazarla con tres o cuatro hoscas muchachas arrancadas al monte y que sólo se quedaban tres días por hallar demasiado duro el carácter del patrón.

Subercasaux, en efecto, tenía alguna culpa y lo reconocía. Hablaba con las muchachas apenas lo necesario para hacerse entender; y lo que decía tenía precisión y lógica demasiado masculinas. Al barrer aquéllas el comedor, por ejemplo, les advertía que barrieran también alrededor de cada pata de la mesa. Y esto, expresado brevemente, exasperaba y cansaba a las muchachas.

Por el espacio de tres meses no pudo obtener siquiera una chica que le lavara los platos. Y en estos tres meses Subercasaux aprendió algo más que a bañar a sus chicos.

Aprendió, no a cocinar, porque ya lo sabía, sino a fregar ollas con la misma arena del patio, en cuclillas y al viento helado, que le amorataba las manos. Aprendió a interrumpir a cada instante sus trabajos para correr a retirar la leche del fuego o abrir el horno humeante, y aprendió también a traer de noche tres baldes de agua del pozo —ni uno menos— para lavar su vajilla.

Este problema de los tres baldes ineludibles constituyó una de sus pesadillas, y tardó un mes en darse cuenta de que le eran indispensables. En los primeros días, naturalmente, había aplazado la limpieza de ollas y platos, que amontonaba uno al lado de otro en el suelo, para limpiarlos todos juntos. Pero después de perder una mañana entera en cuclillas raspando cacerolas quemadas (todas se quemaban), optó por cocinar–comer–fregar, tres sucesivas cosas cuyo deleite tampoco conocen los hombres casados.

No le quedaba, en verdad, tiempo para nada, máxime en los breves días de invierno. Subercasaux había confiado a los chicos el arreglo de las dos piezas, que ellos desempeñaban bien que mal. Pero no se sentía él mismo con ánimo suficiente para barrer el patio, tarea científica, radial, circular y exclusivamente femenina, que, a pesar de saberla Subercasaux base del bienestar en los ranchos del monte, sobrepasaba su paciencia.

En esa suelta arena sin remover, convertida en laboratorio de cultivo por el tiempo cruzado de lluvias y sol ardiente, los piques[2] se propagaron de tal modo que se los veía trepar por los pies descalzos de los chicos. Subercasaux, aunque siempre de *stromboot*, pagaba pesado tributo a los piques. Y rengo casi siempre, debía pasar una hora entera después de almorzar con los pies de su chico entre las manos, en el corredor y salpicado de lluvia o en el patio cegado por el sol. Cuando concluía con el varoncito, le tocaba el turno a sí mismo; y al incorporarse por fin, curvaturado, el nene lo llamaba porque tres nuevos piques le habían taladrado a medias la piel de los pies.

La mujercita parecía inmune, por ventura; no había modo de que sus uñitas tentaran a los piques, de diez de los cuales siete correspondían de derecho al nene y sólo tres a su padre. Pero estos tres resultaban excesivos para un hombre cuyos pies eran el resorte de su vida montés.

Los piques son, por lo general, más inofensivos que las víboras, las uras[3] y los mismos barigüis[4]. Caminan empinados por la piel, y de pronto la perforan con gran rapidez, llegan a la carne viva, donde fabrican una bolsita que llenan de huevos. Ni la extracción del pique o la nidada suelen ser molestas, ni sus heridas se echan a perder más de lo necesario. Pero de cien piques limpios hay uno que aporta una infección, y cuidado entonces con ella.

Subercasaux no lograba reducir una que tenía en un dedo, en el insignificante meñique del pie derecho. De un agujerillo rosa había llegado a una grieta tumefacta y dolorosísima, que bordeaba la uña. Yodo, bicloruro, agua oxigenada, formol, nada había dejado de probar. Se calzaba, sin embargo, pero no salía de casa, y sus inacabables fatigas de monte se reducían ahora, en las tardes de lluvia, a lentos y taciturnos paseos alrededor del patio, cuando al entrar el sol el cielo se despejaba y el bosque, recortado a contraluz como sombra chinesca, se aproximaba en el aire purísimo hasta tocar los mismos ojos.

Subercasaux reconocía que en otras condiciones de vida habría logrado vencer la infección, la que sólo pedía un poco de descanso. El herido dormía mal, agitado por escalofríos y vivos dolores en las altas horas. Al rayar el día, caía por fin en un sueño pesadísimo, y en ese momento hubiera dado cualquier cosa por quedar en cama hasta las ocho siquiera. Pero el nene seguía en invierno tan madrugador como en verano, y Subercasaux se levantaba achuchado[5] a encender el Primus[6] y preparar el café. Luego el almuerzo, el restregar ollas. Y por diversión, al mediodía, la inacabable historia de los piques de su chico.

—Esto no puede continuar así —acabó por decirse Subercasaux—. Tengo que conseguir a toda costa una muchacha.

Pero ¿cómo? Durante sus años de casado esta terrible preocupación de la sirvienta había constituido una de sus angustias periódicas. Las muchachas llegaban y se iban, como lo hemos dicho, sin decir por qué, y esto cuando había una dueña de casa. Subercasaux abandonaba todos sus trabajos y por tres días no bajaba del caballo, galopando por las picadas desde Apariciocué a San Ignacio, tras de la más inútil muchacha que quisiera lavar los pañales. Un mediodía, por fin, Subercasaux desembocaba del monte con una aureola de tábanos en la cabeza y el pescuezo del caballo deshilado en sangre; pero triunfante. La muchacha llegaba al día siguiente en ancas de su padre, con un atado; y al mes justo se iba con el mismo atado, a pie. Y Subercasaux dejaba otra vez el machete o la azada para ir a buscar su caballo, que ya sudaba al sol sin moverse.

Malas aventuras aquellas, que le habían dejado un amargo sabor y que debían comenzar otra vez. ¿Pero hacia dónde?

Subercasaux había ya oído en sus noches de insomnio el tronido lejano del bosque, abatido por la lluvia. La primavera suele ser seca en Misiones, y muy lluvioso el invierno. Pero cuando el régimen se invierte —y de esperar en el clima de Misiones—, las nubes precipitan en tres meses un metro de agua, de los mil quinientos milímetros que deben caer en el año.

Hallábanse ya casi sitiados. El Horqueta, que corta el camino hacia la costa del Paraná, no ofrecía entonces puente alguno y sólo daba paso en el vado carretero, donde el agua caía en espumoso rápido sobre piedras redondas y movedizas, que los caballos pisaban estremecidos. Esto, en tiempos normales; porque cuando el riacho se ponía a recoger las aguas de siete días de temporal, el vado quedaba sumergido bajo cuatro metros de agua veloz, estirada en hondas líneas que se cortaban y enroscaban de pronto en un remolino. Y los pobladores del Yabebirí, detenidos a caballo ante el pajonal inundado, miraban pasar venados muertos, que iban girando sobre sí mismos. Y así por diez o quince días.

El Horqueta daba aún paso cuando Subercasaux se decidió a salir; pero en su estado, no se atrevía a recorrer a caballo tal distancia. Y en el fondo, hacia el arroyo del Cazador, ¿qué podía hallar?

Recordó entonces a un muchachón que había tenido una vez, listo y trabajador como pocos, quien le había manifestado riendo, el mismo día de llegar, y mientras fregaba una sartén en el suelo, que él se quedaría un mes, porque su patrón lo necesitaba; pero ni un día más, porque ese no era un trabajo para hombres. El muchacho vivía en la boca del Yabebirí, frente a la isla del Toro; lo cual representaba un serio viaje, porque si el Yabebirí se desciende y se remonta jugando, ocho horas continuas de remo aplastan los dedos de cualquiera que ya no está en tren.

Subercasaux se decidió, sin embargo. Y a pesar del tiempo amenazante, fue con sus chicos hasta el río, con el aire feliz de quien ve por fin el cielo abierto. Las criaturas besaban a cada instante la mano de su padre, como era hábito en ellos cuando estaban muy contentos. A pesar de sus pies y el resto, Subercasaux conservaba todo su ánimo para sus hijos; pero para éstos era cosa muy distinta atravesar con su piapiá el monte enjambrado de sorpresas y correr luego descalzos a lo largo de la costa, sobre el barro caliente y elástico del Yabebirí.

Allí les esperaba lo ya previsto: la canoa llena de agua, que fue preciso desagotar con el achicador habitual y con los mates guardabichos que los chicos llevaban siempre en bandolera cuando iban al monte.

La esperanza de Subercasaux era tan grande que no se inquietó lo necesario ante el aspecto equívoco del agua enturbiada, en un río que habitualmente da fondo claro a los ojos hasta dos metros.

—Las lluvias —pensó— no se han obstinado aún con el sudeste... Tardará un día o dos en crecer.

Prosiguieron trabajando. Metidos en el agua a ambos lados de la canoa, baldeaban de firme. Subercasaux, en un principio, no se había atrevido a quitarse las botas, que el lodo profundo retenía al punto de ocasionarle buenos dolores al arrancar el pie. Descalzóse, por fin, y con los pies libres y hundidos como cuñas en el barro pestilente, concluyó de agotar la canoa, le dio vuelta y le limpió los fondos, todo en dos horas de febril actividad.

Listos, por fin, partieron. Durante una hora la canoa se deslizó más velozmente de lo que el remero hubiera querido. Remaba mal, apoyado en un solo pie, y el talón desnudo herido por el filo del soporte. Y asimismo avanzaba a prisa, porque el Yabebirí corría ya. Los palitos hinchados de burbujas, que comenzaban a orlear los remansos, y el bigote de las pajas atracadas en un raigón hicieron por fin comprender a Subercasaux lo que iba a pasar si demoraba un segundo en virar de proa hacia su puerto.

Sirvienta, muchacho, ¡descanso, por fin!..., nuevas esperanzas perdidas. Remó, pues, sin perder una palada. Las cuatro horas que empleó en remontar, torturado de angustias y fatiga, un río que había descendido en una hora, bajo una atmósfera tan enrarecida que la respiración anhelaba en vano, sólo él pudo apreciarlas a fondo. Al llegar a su puerto, el agua espumosa y tibia había subido ya dos metros sobre la playa. Y por la canal bajaban a medio hundir ramas secas, cuyas puntas emergían y se hundían balanceándose.

Los viajeros llegaron al bungalow cuando ya estaba casi oscuro, aunque eran apenas las cuatro, y a tiempo que el cielo, con un solo relámpago desde el cenit al río, descargaba por fin su inmensa provisión de agua. Cenaron enseguida y se acostaron rendidos, bajo el estruendo del cinc que el diluvio martilló toda la noche con implacable violencia.

Al rayar el día, un hondo escalofrío despertó al dueño de casa. Hasta ese momento había dormido con pesadez de plomo. Contra lo habitual, desde que tenía el dedo herido, apenas le dolía el pie, no obstante las fatigas del día anterior. Echóse encima el impermeable tirado en el respaldo de la cama, y trató de dormir de nuevo.

Imposible. El frío lo traspasaba. El hielo interior irradiaba hacia afuera, y todos los poros convertidos en agujas de hielo erizadas, de lo que adquiría noción al mínimo roce con su ropa. Apelotonado, recorrido a lo largo de la médula espinal por rítmicas y profundas corrientes de frío, el enfermo vio pasar las horas sin lograr calentarse. Los chicos, felizmente, dormían aún.

–En el estado en que estoy no se hacen pavadas como la de ayer –se repetía–. Estas son las consecuencias.

Como un sueño lejano, como una dicha de inapreciable rareza que alguna vez poseyó, se figuraba que podía quedar todo el día en cama, caliente y descansando, por fin, mientras oía en la mesa el ruido de las tazas de café con leche que la sirvienta –aquella primera gran sirvienta– servía a los chicos...

¡Quedar en cama hasta las diez, siquiera!... En cuatro horas pasaría la fiebre, y la misma cintura no le dolería tanto... ¿Qué necesitaba, en suma, para curarse? Un poco de descanso, nada más. Él mismo se lo había repetido diez veces...

Y el día avanzaba, y el enfermo creía oír el feliz ruido de las tazas, entre las pulsaciones profundas de su sien de plomo. ¡Qué dicha oír aquel ruido!... Descansaría un poco, por fin...

–¡Piapiá!
–Mi hijo querido..
–¡Buen día, piapiacito adorado! ¿No te levantaste todavía? Es tarde, piapiá.
–Sí, mi vida, ya me estaba levantando...

Y Subercasaux se vistió a prisa, echándose en cara su pereza, que lo había hecho olvidar del café de sus hijos.

El agua había cesado, por fin, pero sin que el menor soplo de viento barriera la humedad ambiente. A mediodía la lluvia

recomenzó, la lluvia tibia, calma y monótona, en que el valle del Horqueta, los sembrados y los pajonales se diluían en una brumosa y tristísima napa de agua.

Después de almorzar, los chicos se entretuvieron en rehacer su provisión de botes de papel que habían agotado la tarde anterior... hacían cientos de ellos, que acondicionaban unos dentro de otros como cartuchos, listos para ser lanzados en la estela de la canoa, en el próximo viaje. Subercasaux aprovechó la ocasión para tirarse un rato en la cama, donde recuperó enseguida su postura de gatillo, manteniéndose inmóvil con las rodillas subidas hasta el pecho.

De nuevo, en la sien, sentía un peso enorme que la adhería a la almohada, al punto de que ésta parecía formar parte integrante de su cabeza. ¡Qué bien estaba así! ¡Quedar uno, diez, cien días sin moverse! El murmullo monótono del agua en el cinc lo arrullaba, y en su rumor oía distintamente, hasta arrancarle una sonrisa, el tintineo de los cubiertos que la sirvienta manejaba a toda prisa en la cocina. ¡Qué sirvienta la suya!... Y oía el ruido de los platos, docenas de platos, tazas y ollas que las sirvientas –¡eran diez ahora!– raspaban y flotaban con rapidez vertiginosa. ¡Qué gozo de hallarse bien caliente, por fin, en la cama, sin ninguna, ninguna preocupación!... ¿Cuándo, en qué época anterior había él soñado estar enfermo, con una preocupación terrible?... ¡Qué zonzo[7] había sido!... Y qué bien se está así, oyendo el ruido de centenares de tazas limpísimas...

–¡Piapiá!
–Chiquita...
–¡Ya tengo hambre, piapiá!
–Sí, chiquita; enseguida...
Y el enfermo se fue a la lluvia a aprontar el café a sus hijos.

Sin darse cuenta precisa de lo que había hecho esa tarde, Subercasaux vio llegar la noche con hondo deleite. Recordaba, sí, que el muchacho no había traído esa tarde la leche, y que él había mirado un largo rato su herida, sin percibir en ella nada de particular.

Cayó en la cama sin desvestirse siquiera, y en breve tiempo la fiebre lo arrebató otra vez. El muchacho que no había llegado con la leche... ¡Qué locura! ... Con sólo unos días de descanso, con unas horas nada más, se curaría. ¡Claro! ¡Claro!... Hay una justicia a pesar de todo... Y también un poquito de recompensa... para quien había querido a sus hijos como él... Pero se levantaría sano. Un hombre puede enfermarse a veces... y necesitar un poco de descanso. ¡Y cómo descansaba ahora, al arrullo de la lluvia en el cinc!... ¿Pero no habría pasado un mes ya?... Debía levantarse.

El enfermo abrió los ojos. No veía sino tinieblas, agujereadas por puntos fulgurantes que se retraían e hinchaban alternativamente, avanzando hasta sus ojos en velocísimo vaivén.

"Debo de tener fiebre muy alta" –se dijo el enfermo.

Y encendió sobre el velador el farol de viento. La mecha, mojada, chisporroteó largo rato, sin que Subercasaux apartara los ojos del techo. De lejos, lejísimo, llegábale el recuerdo de una noche semejante en que él se hallaba muy, muy enfermo... ¡Qué tontería!... Se hallaba sano, porque cuando un hombre nada más que cansado tiene la dicha de oír desde la cama el tintineo vertiginoso del servicio en la cocina, es porque la madre vela por sus hijos...

Despertóse de nuevo. Vio de reojo el farol encendido, y tras un concentrado esfuerzo de atención, recobró la conciencia de sí mismo.

En el brazo derecho, desde el codo a la extremidad de los dedos, sentía ahora un dolor profundo. Quiso recoger el brazo y no lo consiguió. Bajó el impermeable, y vio su mano lívida, dibujada de líneas violáceas, helada, muerta. Sin cerrar los ojos, pensó un rato en lo que aquello significaba dentro de sus escalofríos y del roce de los vasos abiertos de su herida con el fango infecto del Yabebirí, y adquirió entonces, nítida

y absoluta, la comprensión definitiva de que todo él también se moría –que se estaba muriendo.

Hízose en su interior un gran silencio, como si la lluvia, los ruidos y el ritmo mismo de las cosas se hubieran retirado bruscamente al infinito. Y como si estuviera ya desprendido de sí mismo, vio a lo lejos de un país un bungalow totalmente interceptado de todo auxilio humano, donde dos criaturas, sin leche y solas, quedaban abandonadas de Dios y de los hombres, en el más inicuo y horrendo de los desamparos.

Sus hijitos...

Con un supremo esfuerzo pretendió arrancarse a aquella tortura que le hacía palpar hora tras hora, día tras día, el destino de sus adoradas criaturas. Pensaba en vano: la vida tiene fuerzas superiores que nos escapan... Dios provee...

"¡Pero no tendrán que comer!" –gritaba tumultuosamente su corazón. Y él quedaría allí mismo muerto, asistiendo a aquel horror sin precedentes...

Mas, a pesar de la lívida luz del día que reflejaba la pared, las tinieblas recomenzaban a absorberlo otra vez con sus vertiginosos puntos blancos, que retrocedían y volvían a latir en sus mismos ojos... ¡Sí! ¡Claro! ¡Había soñado! No debiera ser permitido soñar tales cosas... Ya se iba a levantar, descansado.

–¡Piapiá!... ¡Piapiá!... ¡Mi piapiacito querido!.
–Mi hijo...
–¿No te vas a levantar hoy, piapiá? Es muy tarde. ¡Tenemos mucha hambre, piapiá!
–Mi chiquito... No me voy a levantar todavía... Levántense ustedes y coman galleta... Hay dos todavía en la lata... Y vengan después.
–¿Podemos entrar ya, piapiá?
–No, querido mío... Después haré el café... Yo los voy a llamar.

Oyó aún las risas y el parloteo de sus chicos que se levantaban, y después de un rumor in crescendo, un tintineo vertiginoso que irradiaba desde el centro de su cerebro e iba a golpear en ondas rítmicas contra su cráneo dolorosísimo. Y nada mas oyó.

Abrió otra vez los ojos, y al abrirlos sintió que su cabeza caía hacia la izquierda con una facilidad que le sorprendió. No sentía ya rumor alguno. Sólo una creciente dificultad sin penurias para apreciar la distancia a que estaban los objetos... Y la boca muy abierta para respirar.

–Chiquitos... Vengan enseguida...

Precipitadamente, las criaturas aparecieron en la puerta entreabierta; pero ante el farol encendido y la fisonomía de su padre, avanzaron mudos y los ojos muy abiertos.

El enfermo tuvo aún el valor de sonreír, y los chicos abrieron más los ojos ante aquella mueca.

–Chiquitos –les dijo Subercasaux, cuando los tuvo a su lado–. Óiganme bien, chiquitos míos, porque ustedes son ya grandes y pueden comprender todo... Voy a morir, chiquitos...

Pero no se aflijan... Pronto van a ser ustedes hombres, y serán buenos y honrados... Y se acordarán entonces de su piapiá... Comprendan bien, mis hijitos queridos... Dentro de un rato me moriré, y ustedes no tendrán más padre... Quedarán solitos en casa... Pero no se asusten ni tengan miedo... Y ahora, adiós, hijitos míos... Me van a dar ahora un beso... Un beso cada uno... Pero ligero, chiquitos... Un beso... a su piapiá... Pero ligero, chiquitos... Un besote...

Las criaturas salieron sin tocar la puerta entreabierta y fueron a detenerse en su cuarto, ante la llovizna del patio. No se movían de allí. Sólo la mujercita, con una vislumbre de la extensión de lo que acababa de pasar, hacía a ratos pucheros con el brazo en la cara, mientras el nene rascaba distraído el contramarco, sin comprender.

Ni uno ni otro se atrevían a hacer ruido.

Pero tampoco les llegaba el menor ruido del cuarto vecino, donde desde hacía tres horas su padre, vestido y calzado bajo el impermeable, yacía muerto a la luz del farol.

Notas.
1. *sulky:* carruaje ligero de dos ruedas tirado por un solo caballo.
2. *pique:* pulga minúscula que anida bajo la piel.
3. *ura:* larva de mosca que se cría en las heridas y bajo la piel de los animales y del hombre.
4. *barigüí:* mosquito de picadura muy irritante.
5. *achuchado:* con fiebre.
6. *Primus:* calentador de queroseno.
7. *zonzo:* simple, tonto.

El infierno artificial

Las noches en que hay luna, el sepulturero avanza por entre las tumbas con paso singularmente rígido. Va desnudo hasta la cintura y lleva un gran sombrero de paja. Su sonrisa, fija, da la sensación de estar pegada con cola a la cara. Si fuera descalzo, se notaría que camina con los pulgares de los pies doblados hacia abajo.

No tiene esto nada de extraño, porque el sepulturero abusa del cloroformo. Incidencias del oficio lo han llevado a probar el anestésico, y cuando el cloroformo muerde en un hombre, difícilmente suelta. Nuestro conocido espera la noche para destapar su frasco, y como su sensatez es grande, escoge el cementerio para inviolable teatro de sus borracheras.

El cloroformo dilata el pecho a la primera inspiración; la segunda, inunda la boca de saliva; las extremidades hormiguean, a la tercera; a la cuarta, los labios, a la par de las ideas, se hinchan, y luego pasan cosas singulares.

Es así como la fantasía de su paso ha llevado al sepulturero hasta una tumba abierta en que esa tarde ha habido remoción de huesos, inconclusa por falta de tiempo. Un ataúd ha quedado abierto tras la verja, y a su lado, sobre la arena, el esqueleto del hombre que estuvo encerrado en él.

...¿Ha oído algo, en verdad? Nuestro conocido descorre el cerrojo, entra, y luego de girar suspenso alrededor del hombre de hueso, se arrodilla y junta sus ojos a las órbitas de la calavera.

Allí, en el fondo, un poco más arriba de la base del cráneo, sostenido como en un pretil en una rugosidad del occipital, está acurrucado un hombrecillo tiritante, amarillo, el rostro cruzado de arrugas. Tiene la boca amoratada, los ojos profundamente hundidos, y la mirada enloquecida de ansia.

Es todo cuanto queda de un cocainómano.

—¡Cocaína! ¡Por favor, un poco de cocaína!

El sepulturero, sereno, sabe bien que él mismo llegaría a disolver con la saliva el vidrio de su frasco, para alcanzar el cloroformo prohibido. Es, pues, su deber ayudar al hombrecillo tiritante.

Sale y vuelve con la jeringuilla llena, que el botiquín del cementerio le ha proporcionado. ¿Pero cómo, al hombrecillo diminuto?...

—¡Por las fisuras craneanas!... ¡Pronto!

¡Cierto! ¿Cómo no se le había ocurrido a él? Y el sepulturero, de rodillas, inyecta en las fisuras el contenido entero de la jeringuilla, que filtra y desaparece entre las grietas.

Pero seguramente algo ha llegado hasta la fisura a que el hombrecillo se adhiere desesperadamente. Después de ocho años de abstinencia, ¿qué molécula de cocaína no enciende un delirio de fuerza, juventud, belleza?

El sepulturero fijó sus ojos a la órbita de la calavera, y no reconoció al hombrecillo moribundo. En el cutis, firme y terso, no había el menor rastro de arruga. Los labios, rojos y vitales, se entremordían con perezosa voluptuosidad que no tendría explicación viril, si los hipnóticos no fueran casi todos femeninos; y los ojos, sobre todo, antes vidriosos y apagados, brillaban ahora con tal pasión que el sepulturero tuvo un impulso de envidiosa sorpresa.

—Y eso, así... ¿la cocaína? —murmuró.

La voz de adentro sonó con inefable encanto.

—¡Ah! ¡Preciso es saber lo que son ocho años de agonía! ¡Ocho años, desesperado, helado, prendido a la eternidad por la sola esperanza de una gota!... Sí, es por la cocaína... ¿Y usted? Yo conozco ese olor... ¿cloroformo?

84

—Sí —repuso el sepulturero avergonzado de la mezquindad de su paraíso artificial. Y agregó en voz baja:— El cloroformo también... Me mataría antes que dejarlo.

La voz sonó un poco burlona.

—¡Matarse! Y concluiría seguramente; sería lo que cualquiera de esos vecinos míos... Se pudriría en tres horas, usted y sus deseos.

—Es cierto; —pensó el sepulturero— acabarían conmigo.

Pero el otro no se había rendido. Ardía aún después de ocho años aquella pasión que había resistido a la falta misma del vaso de deleite; que ultrapasaba la muerte capital del organismo que la creó, la sostuvo, y no fue capaz de aniquilarla consigo; que sobrevivía monstruosamente de sí misma, transmutando el ansia causal en supremo goce final, manteniéndose ante la eternidad en una rugosidad del viejo cráneo.

La voz cálida y arrastrada de voluptuosidad sonaba aún burlona.

—Usted se mataría... ¡Linda cosa! Yo también me maté... ¡Ah, le interesa! ¿verdad? Pero somos de distinta pasta... Sin embargo, traiga su cloroformo, respire un poco más y óigame. Apreciará entonces lo que va de su droga a la cocaína. Vaya.

El sepulturero volvió, y echándose de pecho en el suelo, apoyado en los codos y el frasco bajo las narices, esperó.

—¡Su cloro! No es mucho, que digamos. Y aún morfina... ¿Usted conoce el amor por los perfumes? ¿No? ¿Y el Jicky de Guerlain? Oiga, entonces. A los treinta años me casé, y tuve tres hijos. Con fortuna, una mujer adorable y tres criaturas sanas, era perfectamente feliz. Sin embargo, nuestra casa era demasiado grande para nosotros. Usted ha visto. Usted no... en fin... ha visto que las salas lujosamente puestas parecen más solitarias e inútiles. Sobre todo solitarias. Todo nuestro palacio vivía así en silencio su estéril y fúnebre lujo.

Un día, en menos de diez y ocho horas, nuestro hijo mayor nos dejó por seguir tras la difteria. A la tarde siguiente el segundo se fue con su hermano, y mi mujer se echó desesperada sobre lo único que nos quedaba: nuestra hija de cuatro meses. ¿Qué nos importaba la difteria, el contagio y todo lo demás? A pesar de la orden del médico, la madre dio de mamar a la criatura, y al rato la pequeña se retorcía convulsa, para morir ocho horas después, envenenada por la leche de la madre.

Sume usted: 18, 24, 9. En 51 horas, poco más de dos días, nuestra casa quedó perfectamente silenciosa, pues no había nada que hacer. Mi mujer estaba en su cuarto, y yo me paseaba al lado. Fuera de eso nada, ni un ruido. Y dos días antes teníamos tres hijos...

Bueno. Mi mujer pasó cuatro días arañando la sábana, con un ataque cerebral, y yo acudí a la morfina.

—Deje eso —me dijo el médico—, no es para usted.

—¿Qué, entonces? —le respondí. Y señalé el fúnebre lujo de mi casa que continuaba encendiendo lentamente catástrofes, como rubíes.

El hombre se compadeció.

—Prueba sulfonal, cualquier cosa... Pero sus nervios no darán.

Sulfonal, brional, estramonio...¡bah! ¡Ah, la cocaína! Cuánto de infinito va de la dicha desparramada en cenizas al pie de cada cama vacía, al radiante rescate de esa misma felicidad quemada, cabe en una sola gota de cocaína! Asombro de haber sufrido un dolor inmenso, momentos antes; súbita y llana confianza en la vida, ahora; instantáneo rebrote de ilusiones que acercan el porvenir a diez centímetros del alma abierta, todo esto se precipita en las venas por entre la aguja de platino. ¡Y su cloroformo!... Mi mujer murió. Durante dos años gasté en cocaína muchísimo más de lo que usted puede imaginarse. ¿Sabe usted algo de tolerancias? Cinco centigramos de morfina acaban fatalmente con un individuo robusto. Quincey llegó a tomar durante quince años dos gramos por día; vale decir, cuarenta veces más que la dosis mortal.

Pero eso se paga. En mí, la verdad de las cosas lúgubres, contenida, emborrachada día tras día, comenzó a vengarse, y ya no tuve más nervios retorcidos que echar por delante a las horribles alucinaciones que me asediaban. Hice entonces esfuerzos inauditos para arrojar fuera el demonio, sin resultado. Por tres veces resistí un mes a la cocaína, un mes entero. Y caía otra vez. Y usted no sabe, pero sabrá un día, qué sufrimiento, qué angustia, qué sudor de agonía se siente cuando se pretende suprimir un solo día la droga!

Al fin, envenenado hasta lo más íntimo de mi ser, preñado de torturas y fantasmas, convertido en un tembloroso despojo humano; sin sangre, sin vida —miseria a que la cocaína prestaba diez veces por día radiante disfraz, para hundirme en seguida en un estupor cada vez más hondo—, al fin un resto de dignidad me lanzó a un sanatorio, me entregué atado de pies y manos para la curación.

Allí, bajo el imperio de una voluntad ajena, vigilado constantemente para que no pudiera procurarme el veneno, llegaría forzosamente a descocainizarme.

¿Sabe usted lo que pasó? Que yo, conjuntamente con el heroísmo para entregarme a la tortura, llevaba bien escondido en el bolsillo un frasquito con cocaína... Ahora calcule usted lo que es pasión.

Durante un año entero, después de ese fracaso, proseguí inyectándome. Un largo viaje emprendido diome no sé qué misteriosas fuerzas de reacción, y me enamoré entonces.

La voz calló. El sepulturero, que escuchaba con la babeante sonrisa fija siempre en su cara, acercó su ojo y creyó notar un velo ligeramente opaco y vidrioso en los de su interlocutor. El cutis, a su vez, se resquebrajaba visiblemente.

—Sí —prosiguió la voz— es el principio... Concluiré de una vez. A usted, un colega, le debo toda esta historia.

Los padres hicieron cuanto es posible para resistir: ¡un morfinómano, o cosa así! Para la fatalidad mía, de ella, de todos, había puesto en mi camino a una supernerviosa. ¡Oh, admirablemente bella! No tenía sino diez y ocho años. El lujo era para ella lo que el cristal tallado para una esencia: su envase natural.

La primera vez que, habiéndome yo olvidado de darme una nueva inyección antes de entrar, me vio decaer bruscamente en su presencia, idiotizarme, arrugarme, fijó en mí sus ojos inmensamente grandes, bellos y espantados. ¡Curiosamente espantados! Me vio, pálida y sin moverse, darme la inyección. No cesó un instante en el resto de la noche de mirarme. Y tras aquellos ojos dilatados que me habían visto así, yo veía a mi vez la tara neurótica, al tío internado, y a su hermano menor epiléptico...

Al día siguiente la hallé respirando Jicky, su perfume favorito; había leído en veinticuatro horas cuanto es posible sobre hipnóticos.

Ahora bien: basta que dos personas sorban los deleites de la vida de un modo anormal, para que se comprendan tanto más íntimamente, cuanto más extraña es la obtención del goce. Se unirán en seguida, excluyendo toda otra pasión, para aislarse en la dicha alucinada de un paraíso artificial.

En veinte días, aquel encanto de cuerpo, belleza, juventud y elegancia, quedó suspenso del aliento embriagador de los perfumes. Comenzó a vivir, como yo con la cocaína, en el cielo delirante de su Jicky.

Al fin nos pareció peligroso el mutuo sonambulismo en su casa, por fugaz que fuera, y decidimos crear nuestro paraíso. Ninguno mejor que mi propia casa, de la que nada había tocado, y a la que no había vuelto más. Se llevaron anchos y bajos divanes a la sala; y allí, en el mismo silencio y la misma suntuosidad fúnebre que había incubado la muerte de mis hijos; en la profunda quietud de la sala, con lámpara encendida a la una de la tarde; bajo la atmósfera pesada de perfumes, vivimos horas y horas nuestro fraternal y taciturno idilio, yo tendido inmóvil con los ojos abiertos, pálido como la muerte; ella echada sobre el diván, manteniendo bajo las narices, con su mano helada, el frasco de Jicky.

Porque no había en nosotros el menor rastro de deseo –¡Y cuán hermosa estaba con sus profundas ojeras, su peinado descompuesto y el ardiente lujo de su falda inmaculada!

Durante tres meses consecutivos raras veces faltó, sin llegar yo jamás a explicarme qué combinaciones de visitas, casamientos y garden party debió hacer para no ser sospechada. En aquellas raras ocasiones llegaba al día siguiente ansiosa, entraba sin mirarme, tiraba su sombrero con un ademán brusco, para tenderse en seguida, la cabeza echada atrás y los ojos entornados, al sonambulismo de su Jicky.

Abrevio: una tarde, y por una de esas reacciones inexplicables con que los organismos envenenados lanzan en explosión sus reservas de defensa –¡los morfinómanos las conocen bien!– sentí todo el profundo goce que había, no en mi cocaína, sino en aquel cuerpo de diez y ocho años, admirablemente hecho para ser deseado. Esa tarde, como nunca, su belleza surgía pálida y sensual, de la suntuosa quietud de la sala iluminada. Tan brusca fue la sacudida, que me hallé sentado en el diván, mirándola. ¡Diez y ocho años... y con esa hermosura!

Ella me vio llegar sin hacer un movimiento, y al inclinarme me miró con fría extrañeza.

–Sí... –murmuré.

–No, no... –repuso ella con la voz blanca, esquivando la boca en pesados movimiento de su cabellera.

Al fin, al fin echó la cabeza atrás y cedió cerrando los ojos.

¡Ah! ¡Para qué haber resucitado un instante, si mi potencia viril, si mi orgullo de varón no revivía más! ¡Estaba muerto para siempre, ahogado, disuelto en el mar de cocaína! Caí a su lado, sentado en el suelo, y hundí la cabeza entre sus faldas, permaneciendo así una hora entera en hondo silencio,

90

mientras ella, muy pálida, se mantenía también inmóvil, los ojos abiertos fijos en el techo.

Pero ese fustazo de reacción que había encendido un efímero relámpago de ruina sensorial, traía también a flor de conciencia cuanto de honor masculino y vergüenza viril agonizaba en mí. El fracaso de un día en el sanatorio, y el diario ante mi propia dignidad, no eran nada en comparación del de ese momento, ¿comprende usted? ¡Para qué vivir, si el infierno artificial en que me había precipitado y del que no podía salir, era incapaz de absorberme del todo! ¡Y me había soltado un instante, para hundirme en ese final!

Me levanté y fui adentro, a las piezas bien conocidas, donde aún estaba mi revólver. Cuando volví, ella tenía los párpados cerrados.

—Matémonos —le dije.

Entreabrió los ojos, y durante un minuto no apartó la mirada de mí. Su frente límpida volvió a tener el mismo movimiento de cansado éxtasis:

—Matémonos —murmuró.

Recorrió en seguida con la vista el fúnebre lujo de la sala, en que la lámpara ardía con alta luz, y contrajo ligeramente el ceño.

—Aquí no —agregó.

Salimos juntos, pesados aún de alucinación, y atravesamos la casa resonante, pieza tras pieza. Al fin ella se apoyó contra una puerta y cerró los ojos. Cayó a lo largo de la pared. Volví el arma contra mí mismo, y me maté a mi vez.

Entonces, cuando a la explosión mi mandíbula se descolgó bruscamente, y sentí un inmenso hormigueo en la cabeza; cuando el corazón tuvo dos o tres sobresaltos, y se detuvo paralizado; cuando en mi cerebro y en mis nervios y en mi sangre no hubo la más remota probabilidad de que la vida volviera a ellos, sentí que mi deuda con la cocaína estaba cumplida. ¡Me había matado, pero yo la había muerto a mi vez!

¡Y me equivoqué! Porque un instante después pude ver, entrando vacilantes y de la mano, por la puerta de la sala, a nuestros cuerpos muertos, que volvían obstinados...

La voz se quebró de golpe.

—¡Cocaína, por favor! ¡Un poco de cocaína!

Índice